U0960521

诗
想
者

H I P O E M

生 活 ， 还 有 诗

渐渐爱上那些残缺的事物

Jianjian Aishang Naxie Canque de Shiwu

邓学云 著

GUANGXI NORMAL UNIVERSITY PRESS
广西师范大学出版社
· 桂林 ·

特约策划/ 刘　春
责任编辑/ 覃伟清
责任技编/ 王增元
装帧设计/ 桂裴璟

图书在版编目（CIP）数据

渐渐爱上那些残缺的事物 / 邓学云著. —桂林：广西师范大学出版社，2023.11
ISBN 978-7-5598-6378-2

Ⅰ. ①渐… Ⅱ. ①邓… Ⅲ. ①诗集－中国－当代 Ⅳ. ①I227

中国国家版本馆 CIP 数据核字（2023）第 177868 号

广西师范大学出版社出版发行
（广西桂林市五里店路 9 号　邮政编码：541004
网址：http://www.bbtpress.com）
出版人：黄轩庄
全国新华书店经销
广西广大印务有限责任公司印刷
（桂林市临桂区秧塘工业园西城大道北侧广西师范大学出版社集团有限公司创意产业园内　邮政编码：541199）
开本：880 mm × 1 240 mm　1/32
印张：9.5　　字数：180 千
2023 年 11 月第 1 版　　2023 年 11 月第 1 次印刷
定价：78.00 元

如发现印装质量问题，影响阅读，请与出版社发行部门联系调换。

目 录

雨　夜

喜欢下雨的夜晚，尤其喜欢
一夜到天明的春雨。当然，雨不能
下得太大太急促，也不能太小
像听一场轻音乐会
雨点恰到好处地打在
窗棂上，玻璃上，芭蕉上，竹叶上
还有不知谁家的铁皮子上
声音听起来坚实又绵远
清澈且悠长

这样的夜晚，我早早就
躺在床上，闭上双眼，静静地
享受那份独有的透彻与妙曼
雨仿佛不是下在屋外，下在
黑暗宽阔的大地上，而是下在身体里
顺着经络与血管，全身顿时哗啦啦
流淌着
许多条小江与小河

时间回溯。自己仿佛就是
唐朝的王维，或者宋代的陆游
独坐一间空山不见人的屋里
一豆烛光，一袭长衫，捻须吟诗
又依稀回到故里，回到童年的
那个雨夜。父亲安静地坐在
一盏油灯旁，背影如黑白电影
在墙壁上来回晃动
他要赶在谷雨前，用棕毛
为春天编织一件蓑衣

这样的夜晚，已逝的先人们
都回到家中。神安坐在庙宇
世界寂然
雨声如灯

2020. 2. 6 中午
2021. 5. 21 改定

算命先生

把目光压进胸腔，压进
无边黑暗，他便把自己的命
看懂了，把世间
芸芸众生的命也看懂了
将所有的山，所有的河
和所有的路，都浓缩于掌中
谁来算命，他就把一只手掌
像地图一样打开，大拇指
在其他指上轻轻掐一遍
大拇指是他放出的一只狗
狗把其他四个指头都嗅了嗅
就嗅到你一路走来留下的气味
算命的人便知道你从哪里来
翻过了几道山梁，过了几条河
也知道你将往哪儿去了

算命的人，从不给自己算
他知道自己的命不在自己手里

活着的人都是木偶
被多少根线牵扯着，就有
多少只手

2020. 2. 17 晚
2023. 4. 22 晨改

影　子

与你一同来到人世
从此形影不离，你在哪儿它在哪儿
追随你一生，绝对忠诚
只是它喜光怕黑，黑夜里
躲进你身体很少出门
为了讨好，有时把矮小的你
拉伸成一座挺拔的山峰

万物都有自己的影子
哪怕细小的蜉蝣
人死如灯灭，它却不会死
因此一个人身上总能看见
另一个人的影子，一些人一生
都活在别人的影子里不自知
另一些人一直活在自己的影子里
而自得其乐，自以为是

其实人世就是影子的世界

万物都是时间的影子
佛说，看见的一切都不是真的
你是成百上千个人
成百上千个人是你

2020. 2. 18 中午
2021. 8. 8 晨改定

给东坡居士

其实你还是最适合做个隐士
你不宜做官，因为
你的脊梁骨生得太硬太直
山里筑间小屋，带着老婆和孩子
还有善解人意的小妾朝云
在山溪边辟一块地，有水田
也有旱地，水田种稻，旱地莳菜
与生俱来你就有一种极强的
适应与生存能力。你看你
无论在黄州，惠州，还是儋州
那么艰难困苦的环境都难不倒你
白天自己动手，丰衣足食
夜里还在昏暗的烛光下写出
许多抚慰自己也抚慰世人的诗句
有人说你官做得太累太苦
人却活得洒脱自如。这或许
不是你的所愿，但命运的缰绳
从来就不握在你的，我们的手里

当然写诗也不像种菜，想啥
就写啥，一宗乌台诗案
差点就要了你的命。所有的
诗里，西湖上的苏堤应是
你写下的阅读量最大的一句
所有的文章中，惠州该是你
分量最大的作品。清人江逢辰的诗
为证：“一自坡公谪南海，
天下不敢小惠州”
许多人读你，读出旷达，豁然
甚至率意和潇洒，而我
读出的却是自嘲，是自解
是一颗不屈灵魂的苦苦挣扎
一个不认命的人不得不
的放下

2020. 3. 1 晚
2023. 4. 2 改

剑

一

剑，从不说话
许多时候，紧握它的
那只手
也不说

被它指着的人
想说
已没有时间

剑不出鞘，挂在墙上
跟一只蛹
没有多大区别

倏忽出鞘，寒光闪过
人头落地
历史翻开新的一页

二

所有铁，都渴望
被锻造成
一把剑

但从此再也
无法回头
回头没有岸，断了的剑
仍然
叫剑

剑出手
只有两个方向：
对手
或者
自己

三

“至今思项羽，
不肯过江东”

当一个人
拿剑
指向自己
我不认为他在
自刎

更相信
他
在
拯救

四

剑，仅服从于那只
紧握它的手
很少
偏离方向

人，其实都是一把剑
都是紧握着剑的手
许多时候，以为
握着别人，殊不知
也被别人
紧紧握着

当一个人将自己
指向自己时，不只
需要勇敢
更需要宽恕——

对世界，对自己

2020.3.2 晨

2023.3.10 晚改

山

山如史，深邃而神秘
在山中世代居住的，是山民
向往大山的都是山外之人
有人把山当巢，闲云野鹤
只为躲避人间风雨
有人以山为书，读懂参透后
为世人指点迷津。也有人以山
为炉，炼制时间不老之丹药
还有人占山为王，打家劫舍
那些看山是山的是山里人
生活得平庸却踏实。那些看山
不是山的是修炼中人
每天念经的僧侣看山仍是山
在他们眼中山是庙宇
我来到山里，只是走走
看看山溪，听听鸟鸣，滤掉凡俗
偶遇山民与他聊聊家常与收成
天黑前又回到山下的小城

夜里查《新华字典》：山，名词
地面上由土石构成的高起的部分
它盛产树，既可筑屋
打制农具和家具，又可制作
菩萨，棺材与武器

2020. 6. 1 晨

夕　阳

一个鲜红的太阳在大路的
尽头悬着，像飘在山顶的红色
气球，那么圆，那么大
抬头的刹那，惊得说不出话

除了太阳——
没有任何生命的陨落
如此惊艳

2020. 7. 15 晚

人与狗

傍晚时分，霞光涂鸦
大半个天空，有一种梦幻之美
湖边两个牵狗的人擦肩而过
人没有看人，狗看了狗
一眼结仇，大黑狗突然
挣脱主人手中牵住的绳索
扑向比它体形小的黄狗
胜负显而易见

狗主人好不容易控制住狗
狗没事了，人有了事
狗不争气，人要帮狗争回狗面子
黄狗的主人把黑狗的主人打了
人与狗一起进了派出所
出来时，狗主人仍黑着脸
不打不相识，两条狗却成了朋友
分开时不住地相互频频回头

2020. 7. 21 晚

2022. 4. 26 改

补牙记

从来没有如此开放过嘴巴
让一个人用灯去窥探
仿佛打开一座千年古墓
可嘴里，除了一块没长骨头的
毛糙软木板，上下两排
隆起的山包，没其他事物

“是这颗吧？”　点头
“怕痛吗？”　再点头
“需要打点麻药？”　摇头
于是一根细小的钻头开始运转
“痛得难受就举手。”
疼痛在一点点加剧

无论碰到多难受的事，母亲说：
“咬咬牙就过去了”
现在牙有病，我只能
攥紧两个一无所有的拳头

几十年来，为满足欲望
热的，冷的，酸的，苦的，生的
辣的，涩的，黏的，硬的
有时手偷懒，开啤酒瓶，拔钉子等活儿
也都交给牙来干
似乎它是钢铁打就的

母亲一辈子就是这样
所有的粗活，细活，重活，脏活
她都干，如一只歇不下来的陀螺
现在走起路来一瘸一拐，摇摇晃晃
像一颗已经松动的牙齿
真担心哪天不小心
她会突然从大地的牙床上脱落

2020. 7. 24 晚
2023. 4. 22 中午改

石门纪事

一

从桂林到湖南常德的石门
高速路上需要奔跑八个小时
就是说这根巨大的肠子要消化
白昼的三分之二。也可如是表述：
太阳是一个大饼，它啃食一大半
八个小时，不长也不短
对人来说可以看四部美国大片
或者读完三十来万字的长篇小说
对于动物，譬如生活在马达加斯加岛上的
马岛缟狸，仅仅是完成一次幸福的交配而已
黄昏在空气中舞蹈的蜉蝣却是整个一生
但对于我们是一次上车，和一次下车
667.5 公里，只需轻轻抬两次脚
或者说，自桂林至石门就是两步之遥
我与朋友在后排座上紧靠在一起
不知什么时候他已睡着

有一刻，骤然发现他遥远且陌生
仿佛彼此从来就不相识
仔细想想这并不奇怪
每个人本来就是一个包裹体
从懂事起，一层层在裹起自己
到最后自己都不能辨认自己
他醒来后问：还有多远？
还有一步。我答
他说我问的是到石门
我说我说的就是石门
他不再理我，继续他的梦游下集

二

一路上山丘连绵，两旁的树
扑过来，又向后散开去，天空中
仿佛奔腾着一条看不见的大河

把我们所见的一切往下游搬运
一个又一个隧洞，呈现
白昼深处隐藏着的昏暗与黑
手机新闻报道，印度有一架客机
滑出跑道断成两截，二十人死亡
北极两座冰盖因全球变暖已完全消失不见
四川杀死熟睡妻子谎称失踪的嫌疑人已被批捕
世界总由坏消息与好消息构成
不少时候坏消息往往多于好消息
任何事物都不止一面。比如隧洞
对人类打开一扇方便之门
对山却是永远弥合不了的伤痛
黄昏时看见一条不知名的河
金光闪闪。落日熔金，那是夕阳
把最后的金水都倾倒在宽阔的江面
众鸟回巢，万物归心，大地渐渐
安静下来，因苍茫而更显辽阔
夜幕降临，一切开始模糊，万物终归

在黑夜中消失，并成为黑夜的一部分
当一轮圆月升空，车子终于抵达
晚上石门的石友接待我们
在城郊一家独具风味的餐馆里
铁锅把乡野的虫鸣与浓郁的湘话
咕噜咕噜煮在一起，热气腾腾
我们客至如归，大汗淋漓，全身通透

三

石门比我见过的许多县城都大
群山抱着，开阔的澧水穿城而过
它最早不叫石门，称天门：
有石洞开，广数十丈，名曰天门
南朝的陈时才改天门为石门
隋设石门县后，就一直沿用至今
一个名字历千年仍活色生香，与水有很大关系

境内分布大小河流沟溪二百三十六条之多
水滋养万物，勃然其生机
得上苍如此恩宠，在粗粝时光中
才不为风吹熄，不被雨浇灭
石门人最敬土地，村村皆建土地庙
他们称土地菩萨，逢年过节祭拜
唯有读懂泥土的人们，不仅
把它当作衣食父母，更当作真正的神
除此之外他们把百年古树和石头也尊为神灵
把河里有形有图的卵石捡回家摆放，供奉
许多石头里都有红色的图案
山水，花草，文字，以人物居多
他们说那些从人间逃逸的人
都躲进石头，在石中静心修行
而后又回到人世，有几个还
欲继续修行，跑去当地寺庙做了和尚
在石门县疾控中心宿舍
一个八十多岁的老人在河里捡了

三十多年石头，堆满三房一厅
与石日夜共处，相互磨砺和滋养
每块石头都有他的脉搏与体温
有人给高价他都舍不得出让
他说石头是儿子，是至亲的人

四

当地最负盛名的景点是夹山寺
始建于唐，“茶禅一味”的祖庭，茶道源头
进寺不一会，就来了一场大雨
明亮的太阳被乌云一下拉黑
开始稀疏，越下越密
很快就下成密不透风的箭竹林
我们只好于一侧的茶房歇息
在寺院里喝茶听雨，确有
别的地方无法感受到的

禅茶一味的深邃意境。沙沙的雨
像是念诵经文，院中所有树木
都低垂着头，一如僧侣
俯首聆听来自天国的梵音
我是凡俗之人，体内沉积太多的
欲望与杂念，一时很难将心清空
黄昏时大雨终于停住脚步
走出山门，几粒雨珠从树叶上
滴落头顶，仿佛偈语，让我一惊
回头时，淹没在一大团浓荫中的
夹山寺，仅露出半截宝塔
如一只巨大的风铃
悬在半空

2020. 8. 10 晚
2023. 3. 23 改定

深　秋

一个人不用抬头，也能看到
天空中划过的雁行。深山更深了
落叶也重。轻的是流水

烧炭的人进了山
水边捶衣的人，在捶打远去的
背影。秋蛩一声凉过一声

路边的苦楝树瘦得只剩下
一把骨头，天空中飘荡的草籽
还在四下寻找栖息之地

坐在下午的旧时光里
读一本发黄的书，不多久
书中之人就会走出来

待合上书站在窗边
那人已在秋风中越走越远

成为落日里的叹号

2020.9.5 晨

2023.3.11 中午改

无字碑

没有刻一个字
又分明写满字

活着的人都是一块碑
碑是不再行走的人

一些人用一辈子
活成了一块碑

一些人如一块碑地
活了一辈子

2020. 9. 14 晨

试剑石

还能听见当时“嗨”的一声大叫
石头，即刻一分为二
如此锋利，该是一把削铁如泥
相当了得的好剑，不然
如此坚硬的一块完整大石头
不会一剑下去齐崭崭分成两瓣
剑早已不知去向，只留下石头和
石头上这道永远无法愈合的裂口
——还好，不是人头
站在那，有一刻突然跃跃欲试
唰的一下从体内拔出剑来
向着其中一瓣，但仅举了一举
却没有砍下去，发现自己
已没了那种气概和勇气
遥想当年，身怀刀剑
利刃闪烁，寒气逼人，不是
把它提在手里，就搁放在脸上
那时年轻，一身血气，路见不平

大声一吼。不知何时
剑收进肉体的刀鞘，越藏越深
甚至连杀只鸡也犹豫半天
摸全身已无一根硬邦邦的骨头
光滑如河床上的卵石
一个安静的夜里，将剑取出
斑斑锈迹，仿佛一把钝齿的钢锯
想起那些郁积在心的不平之事
双手将它高高举起，向书桌
狠命砍了下去……桌面毫发无损
把桌上的玻璃茶杯震落在地
破碎的声音在寂静的夜里
清脆而刺耳，惊醒睡梦中的
妻子，也将自己吓了一大跳
扶剑四顾，深沉的夜色
一片荒芜，如中年的生命
空荡，迷离而茫然

2020. 11. 25 晚

2023. 4. 17 晚改

黄昏，几头牛横穿城市的马路

如今，大地上牛已成为稀罕之物
在乡间已不太常见
少了牛的早晨或者黄昏
似乎缺失了什么。生动？也是生机
放下牛轭的牛却被一把明晃的刀架着脖子
牛的命运从来挣脱不了人的手
仿佛进城的农民
逃离了黑土地，抛弃了春天的雨水
身上却沾满更难以洗掉的白色泥子和油漆
牛在乡间少见，它的肉
在城市的超市和菜市随处可购
曾经，家里的一头牛生病
父亲急得像热锅上的蚂蚁
牛几天不进食，父亲几天也不吃
牛是他的父亲，他的儿子
他真正的魂魄
还小时，坐在田埂上看大人犁田
犁铧翻起的泥土

像刚到手的新课本被一页页翻开
散发着迷人的清香，那不时的
一声清脆吆喝如炸雷般
在空气中震荡，在记忆里回响
傍晚时，驱车回城
看见几头牛慢悠悠横过马路
心里有一种阳光般的温暖，一种怀想
但它们的脚步比在田塍上
迈得更沉更重。它们要去哪里？
渐渐淹没在暮色中的身影
——山的缩影，乡村的缩影
眼角突然滑落一滴泪——
大地的，也是它们的
但它们没有眼泪，因为它们没有自己
没有过去与明天
它们从来也没有时间

2020. 12. 2 晚

老铁轨

一条废弃的老铁轨，像是一把
放倒在大地上的长长梯子
早晨，太阳刚刚醒来
原野上还很安静。鸟在不远的
灌木丛中啁鸣，干枯的芦苇
举着满头白发，像年迈的母亲
踩着有油污的黑色陈年枕木
时间的台阶，往回走
遇见追着火车奔跑的童年
父亲双手托着屁股从窗口硬把
我塞进车厢的第一次远行
遇见站台上的依依相送
送走的人从此却杳无音讯
遇见一次次离别，一次次相逢
一次次出发，又一次次归来
秋风习习，吹散了思绪
它已锈迹斑斑，仿佛一卷铺开
在荒野将被遗忘的电影胶带

里面记录多少奔走的脚步
多少的憧憬，希冀，热盼，爱
多少的激动与兴奋，无望和伤痛
多少个日出日落，白昼与黑夜
剪辑出来该是无数部人生纪录片
现在它已成为网红打卡点
许多人跑来拍摄落日里的风景
有一刻，一列披着朝霞的火车
从铁轨尽头，自四十年前的清晨
徐徐开来，父亲肩挑我求学的
全部行囊。多好的清晨呀
那时有梦，有用不完的明天
父亲也刚踏入中年的门槛
离离开我们，还那么遥远

2021.2.19 晨
2023.4.21 上午

大　雨

滂沱大雨，骤然而下
万箭齐发
万物承受着激烈的击打
世界在一阵慌乱后
开始接受并默默适应

大雨常常来得快去得也快
人们惊魂甫定，它就停了下来
仿佛命运，在我们不经意时
当头棒喝，待回过神来
它早已不见踪影

过不多久，人们就会把
这场快来快走的大雨忘记得
一干二净。当然大雨同样
也不屑记住我们，河流将带走
它肆虐时的一切罪证

但河流拯救不了天空
熄灭不了另一场将至的大雨
一如我们永远也无法从
时间下行的电梯里
拉住下坠的自己与空

2021. 3. 15 晚

大　雾

世界模糊成一团棉花糖
能看清楚的东西十分有限
一切都淹没在迷蒙中
看不到海湾的爆炸，看不到
四处横行的新冠，看不到
饥饿的眼睛，看不到大海上
黑洞洞对峙的炮口
看不到诗与远方
如果雾更浓些，甚至看不见
迎面来的人，看不见足下的陷阱
大雾是上帝与我们玩的游戏
不必认真，也不能不当真
那些看不见的不要真以为消失了
那些看得见的也未必仍能存在
待大雾散去，重新审视世界
才知道我们得到了什么
又失去了什么

2021. 3. 16 晨

看大水的人们

整整下了一天的大雨，终于
在傍晚时停住倾泻的脚步
河水慢慢上涨，它的上游
有什么在鼓腮吹气，整条河
像只渐渐膨大的条状气球
从大地，向天空
渐渐抬高身子

浑浊的洪水携带着
它能带走的所有东西
岸上看大水的人都沉默不语
仿佛各怀心事。洪水上漂浮的
残枝败叶，乃至污浊
也来自他们，他们生命里
那些沟沟壑壑——
一场大雨冲洗了大地
洪水从他们身体里穿过
洗干净了他们

在天光渐暗的暮色里
他们一边目送一江洪水远逝
一边步履轻松地走回
明亮起来的自己

2021.3.16 晚

挖红薯

那时粮食不够，大家把它当主食
入秋后天气晴朗干爽，村里人
纷纷来到山脚下的自留地里
把铺展在地长长的藤蔓，用镰刀
从根部割断，抽扯起来
一把把像姑娘们扎头发般扎起
收工时放在挑红薯的畚箕上
挑回家去煮潲喂猪——
那是最好的饲料，猪吃了长膘
我的学费以及过年时的新衣
都从这些藤蔓上长出来

挖红薯表面是力气活，却需要技巧
没力气一锄头挖不出来
角度不对又容易将红薯挖伤
父亲挖红薯与他人不同
边挖边把整块地顺便也都翻整了
每挖出一蔸，只见他反手一抓

握住薯莌看都不看，用力一扔
不偏不离，稳稳当当就落在
地的边头——好帅的动作
让年少的我好生崇拜
傍晚时分，地里还剩下几莌
父亲就作为一种奖赏
让我学习

我尽力模仿父亲的姿势与动作
终究不会用力，红薯被拦腰挖断
“别看挖红薯是个简单活儿，
挖完一块地不伤一个也是本事”
当真正明白这句话的含义
自己的人生也已被挖掉一半
只剩下了半截

2021.3.18 中午

夜里在塘洞打油茶

塘洞，是个地名
四面高山环抱，像一口锅
村子在锅底，是底料，时间是水
在朋友家吃完晚饭，山里人好客
饭后还要为客人打油茶消食
竹枝当柴，火大且旺，把女主人
俊俏的脸烤成屋前熟透的红柿子
动作利索的她，将铁趴锅烧红
放猪油，炒糯米块，炒花生
再炒米花，切好葱和芫荽
一切准备就绪了，打油茶才
正式开始。油、盐、茶、姜、蒜
这是必需的主料。将我们视为
贵客，特地杀只土鸡做底汤
一边小火煨锅，一边木槌细心敲
把深藏于茶、姜、蒜里的汁液
以及味道，一点点捶击出来
就像他们用心伺候的那些日子：

从太阳里捶打出金黄的稻穗
从黑夜里捶打出星光
从汗水里捶打出甘洌的苞谷酒
从婚姻里捶打出爱与相守
微微苦涩的油茶，清香爽口
开胃去油腻，一口气能喝下好几碗
告别时山村寂静，夜色深沉，虫鸣如灯
此刻明白，天地才是最大的茶锅呀
闪烁的繁星如漂浮的油星子
世间万物都是底料

2021. 3. 19 晚

挖蚯蚓

放学之后，扛起铁耙，提起竹筒
走向一堆松软的黑土
还有腐烂的草铺在上面
这是无数次失败后获得的经验
知道它们藏匿在哪里

有时后面还带着几只黄毛小鸭
用力挖下去，翻开，拍打
蚯蚓仿佛突然被惊醒，弹跳不止
小鸭受到惊吓，向后退
但很快就明白过来，黄黄的小嘴
奋力去啄，大条的吃不下去
它们选小条的下喙
我用竹筷将大条的夹进竹筒
带回家去喂鸡，或大鸭子

那时自己也是一只茸茸小鸭
开始学习在野外寻找食物充饥

放学路上钻进山林总能采到野果
让贫瘠的童年充满简单的
幸福和快乐，并从中掌握了
一些求生的能力和本领
以至现在都不担心生活的胁迫
这就是贫穷送给自己
最好的礼物
让我享用一生

2021. 3. 22 晚

白　鹭

一只白鹭栖息在小溪的边上
时间的流水无声无息
早晨薄薄的一层水雾，它低头
在清澈的溪水里寻觅什么
太阳还没出来，大地有一种
惺忪蓬松之美。第一次见到它
就没把它当成是一只鸟
而是想象成一个清雅孤高的女子
或者一尊冰雪雕刻的神
反正不是鸟。四月的上午
当我打开一首古诗，细雨如柳
它从发黄的纸上振翅而出
青山迷蒙，浅草茵茵
徐步于江岸开阔的草甸上
一袭素雅，在水的镜面它仿佛
看见过自己的前生和后世
站在江的对岸，看它踱步
觅食，梳羽，如一团梦在晃动

它是谁投射在人世的身影？
氤氲的阳光中，它一飞上天
大地上的梨花纷落一地
哦，白鹭，出于一种什么缘由
把一身洁净坚持得如此彻底
以至于其他许多的白
难以启齿，羞于开口
白，过分的白，也可能是一把刀
一宗让世俗难以饶恕的罪

2021. 3. 27

乌 鸦

起初我非常不喜欢乌鸦，
乌黑的身子，让人生沮丧之感

小时候，早上起来放牛
入冬不久，大地升腾起氤氲的水雾
一棵落光叶子的枫树上
挂满烧焦的果子——
我抬头向着它们大声“呸！”
只动了动，却不飞走
一只还飞下来，落在牛背上
转着头挑衅地看着我：奈我何？
捡起石头砸它，才飞走
没有比乌鸦更令人生厌的鸟

岁月悠长，遇见和经历
世间许多的人和事，读了不少
写乌鸦的文字与典故
“昨夜乌夜啼，官当有赦”

"乌有喜声，父必免"
其反哺，其聪慧
乌鸦在我眼里，慢慢由黑转白
有时看它似乎已不是一只鸟
是在头顶上飞着的一本书
一本时开时合的秘籍
看它栖立树枝，俨然一位教父
一个道士，抬手举足也有那种
绅士般的优雅与庄重

它叫，多数时候为它自己
其快乐，其悲痛，其失落
世间无事，它不会无事生非
——乱叫一通
老人们说：老鸦叫，祸事到——
它唯有在发现不祥预兆
而人们还蒙在鼓里时，才会
冲着我们大声叫，使劲叫

也许正因为它多嘴
泄露了天机，受到上天惩罚
让它世世代代都着一身
丧服般的黑色大袍

天地间，只要乌鸦
还在，世界就不会因热闹
或者沉闷而死

2021. 3. 28 晨

会议室

安静包围了大楼
重要报告
一个人都不能缺席

时间掌控在一张嘴

仿佛过了几个世纪
灯光依然坚守。睡着的人
已走去唐朝赶回几头牛
会议内容正是畜牧业

结束了。脸色都有些阴郁
像是从时间的背后
走出来

2021. 3. 29 中午

在动车上看一场山火

一

一场大火在远处的山上蔓延
像一条巨大蜿蜒的龙
红通通的龙，在黄昏的天幕下
向着天空飞腾
此刻，动车停靠在一个小站
等待另一列动车通过

二

天很快就黑下来
山上的火，却越来越炽盛
车厢里有人打电话，有人睡觉
有人在手机里刷抖音追电视剧
更多的人跟我一样，在看远处的
这场山火。熊熊火光撕扯着

黑暗的天空，可以想见
那些一辈子都不挪窝的树木野草
以及来不及逃生的小动物
瞬息即被烈火吞噬

三

现在是草木葳蕤的四月
明年这个时候，被烧焦的树木
除了少数烧不死的还会生发新枝
绝大多数将无法复活重获新生
唯野草不同，即便烧成了灰烬
只要春风一唤，春雨一淋
就不负春光不负卿，满山油绿
甚至比今年更繁茂，更青葱
看起来强大的事物，并不等于
就有着强大的生命力，相反

那些看似柔弱的生命所蕴藏的
巨大能量，往往使人惊奇

四

夜空辽阔，星星一颗颗亮了
那是太阳在白昼里燃尽后，留给
明天的火种。动车已驱离小站
很快便望不见山火，但很远
仍能看见被大火烧红的那片天
动车在深夜抵达陌生之城
下车的人很快消散在浓烟般的
夜色之中，多年后很少还有人
记得今晚，记得曾经一同
乘坐过这趟动车，一同
看见这场山火。世界就在
一次次相遇又不断相失相忘中

旋转不停，只是看不见的火焰
将跟随我们每个人一生

2021.4.2 晨

在黑夜的动车上

窗外什么也看不见
除了偶尔闪过的灯火
巨大的黑夜，动车
仿佛一直在隧洞里疾驰
若没有车轮的摩擦与震动
真以为它原地不动
从车窗里我看见另一个自己
坐在并排的车厢里
隔着一层薄薄的玻璃
自己与自己挨得如此之近
那种感觉非常奇妙
偏头，目光就碰上目光
四目相对，哑然而笑
我沉思，他也沉思
我动动嘴唇，他也动动
恍惚中真难分出
哪一个才是真正的自己
到站了，走下车

发现真正的自己并没下来
回头看，动车已经离站
此刻的我不过是我留下来的
一个虚无的影子，夜风中
随人流茫然地
移动着脚步

2021. 4. 3 晚

清　明

灰蒙蒙的天空，山
阴郁着脸。匆匆的车流
与行人。死去的人
与活着的人，一年见一次面

天空，突然飘落
不大也不小的雨点，它诉说
人们心里想要表达的
思念与思绪

这一天，活着的人
都会死一次，死去的人
都会活过来

2021. 4. 4 中午

在天湖上看日出

四点还没到，女儿就过来敲门
天很黑。很多人比我们早
一路闪烁的电筒，飘忽如飞向
山顶的萤火虫。除了草和不多的
稀疏低矮与草齐高的灌木丛
山上别无其他高大的植物。草是
那里的主人和主宰，许多的树
在半山腰就爬不动了，只有草
是一群天不怕地不怕的孩子
一个劲地向上冲，一直
冲上山的顶峰

站在峰顶，大家充满期待和兴奋
地平线上黑暗在慢慢散开
像是化学老师滴下几滴溶解剂
一块光亮不断扩展，仿佛
有人抖开一张偌大的洁净床单
群山肃静，大地默然

所有人都屏住呼吸，拉伸的目光
是一只只伸长的手臂，迎接
一个伟大生命的诞生

也是凌晨。凌晨三点十五分
在医院，我同样地紧张与激动
她躺在婴儿床上，已睁开眼睛
看着我，看着陌生的世界
从此天地间有两个太阳，一个
永远旋转在高远的天空
一个刚从我生命中升起来
并立刻照亮灰暗的人生，为疲惫的
中年注入浓缩铀

天边殷红的血流出来了
大家高举双手在欢呼，在拍照
天空之子，大地之子，喷薄而出
女儿站在身边，也在雀跃

我眼角有些潮湿。失望，焦虑
伤痛，冤屈……所有糟糕的
一切，全化为乌有
世界正大，光明，清新，无尘
万物纯净如初生
哦。这短暂的一刻
足以抵消漫长的一生

2021. 4. 12 晨改

杯 盖

记不起何时何地何人送的
一个白瓷杯，有杯把，杯盖
摆在那也是件很好看的艺术品
但杯子终究是用来喝水的
自己是个急性子，凡事图简便
总感觉杯盖揭来揭去有些烦琐
把它丢掉嘛，也于心不忍
一个本来很完整的杯子
不能人为造成它的缺失
有盖也有有盖的好处
除了保温，还能遮挡住
空气中的灰尘和虫子。只是
心里隐隐有着某种担忧与期待
一天早晨，倒水时手一抖
杯盖滑落在地，一声脆响后
满地洁白的瓷片，清扫残片时
却有一种终于放下的解脱和轻松
瞟一眼失盖的杯，仿佛烈日下

脱掉草帽的汉子，一种
别样的洒脱和坚毅
——缺损并非就意味着遗憾
有时也不失为一种成全，一次
对另一种美的拯救和重塑

2021. 4. 13 晚

凌晨四点

风停在湖面，黑的夜
此刻更黑。星星已熄灭
万物静谧，天地深邃而空
醒过来后，再无一丝睡意
一种无以言表的虚静和轻
那些在白昼听不见声音的虫子
天黑时就拧开了嗓门，此时
依然毫无倦意，在墙角，树荫
草丛和石缝里鸣叫不停
如一盏盏灯，微芒闪烁

一段时间，一个婴儿的啼哭
像一道看不见的闪电或光
在这一刻划破黑漆漆的夜空
穿过郊外旷野的火车，低沉的
声音水一样洇过来，唤醒多年前
那个冬天的夜晚，结着薄霜
父亲替我挑着行李，我拿手电

到车站时他头顶冒着热气
仿佛一列刚进站的小型火车头

凌晨四点，黑夜与黎明的分界线
医学上说的死与生的临界点
在这个点醒来的人
可做如是观：昨天的自己刚逝去
明天的自己已呱呱坠地
死与生如一笔神秘交易
在此刻顺利完成

2021.4.16 凌晨

朋　友

我们坐在一辆车上
他俩是夫妻。他开车
正是四月，满眼都是葱绿
空气中弥漫一种好闻的味道
我们曾在同一个县城工作
一起谈恋爱，一起郊游
并相邀同一年要孩子
她成为孩子们的老师
她的女儿也叫她韦老师
两条从县城西边与东边擦过的河
在南边合流。而我们却
分叉成我们与他们，二十年前
我们离开了，他们一直留在那里
十二个月中我最喜欢的是四月
无限生机，一切都那么美好
不幸的是他去年生了一场大病
“幸亏他自己是医生”，她说
他康复得不错，看不出犯过病

人到中年，越来越相信命
而越来越不信任时间与自己
他俩的女儿在上海，只要静下来
总听见黄浦江上的白鸥在头顶
盘旋鸣叫，她说那是女儿在唤
四月虽好，却不能长久停留
他一心开车，一路上很少说话
“谁都不知道最后的归处”
他突然开口，声音很小像是自语
那时车正驶过一片墓地
天空突然下起小雨
视线渐渐变得有些模糊
好一会儿，大家都不再说什么
对于不可知的将来
我们都不愿谈论得过多

2021. 4. 17 晚

山村之夜

没有一点星光，夜黑得像夜
在一个叫金竹的山村
谷底有奔泻的河流
我坐在一块大石头上
天地热闹又安静。流水的声音
此起彼伏的各种虫鸣，不时
还传过来几声狗吠，鸟啼
一场多么美妙的音乐会
大自然的绝妙之作
我删除了情绪和思想，像水库
腾空库容，以便把此刻的
一切全部装进。多年后
当再次想起这个夜晚
仿佛还坐在那里，如一尊
脱胎于自己的雕像

2021. 4. 19 晨

狭　隘

不忍见一只有着绚丽花斑的雪豹
在奔跑中骤然止于一粒飞弹
不忍见迁徙途中的翅膀
在黑夜里扑向深渊般的一束束光
不忍见一座陈年的老房子
倒塌在一双青筋暴露的手
清冽的山溪被钢筋水泥
阻挡住远行的脚步
我的心如此之小，小得
如母亲手中的那根针
常常扎痛自己

2021. 4. 19 晨

世界地球日

看到一段视频，地球如一粒
微小的尘埃，飘浮于黑茫茫的宇宙
孤苦无依的样子，让人怜悯
更让人窒息。我为自己一日三餐的
大鱼大肉而愧疚，为客厅里
摆放的实木沙发而愧疚，为练习写字
而丢掉的一刀刀宣纸而愧疚
甚至为喝下的一瓶瓶矿泉水，为一天
上好几次厕所，而愧疚
只要斧头还在，还没投入熔炉
只要河流仍是腹腔里的肠子
只要脚手架还在原野上大步流星地走
只要大海依然是我们的洗手盆
地球终究是一滴泪，挂在
最后一个人类的眼角

2021. 4. 22 晚

门

许多时候，站在门内
感觉在门外

许多时候，分明在门外
又仿佛在门内

一扇门洞开着
走进去
又像是走了出来

当历尽千辛万苦
终于推开那扇门
发现早已人去楼空

门是门
门也是无门

2021. 4. 23 中午
2022. 3. 27 改

溪中树

它走不出来，被困在水的中央
溪水中那一小块的土地
是它的寄身之所。周围都是大山
山上全是树。它看着它们
它们看着它。它走不出去
它们也走不进来。山溪淙淙流着
长年不歇。从一根苗，到一棵
葱绿大树，它历经过怎样的磨砺
每年都有山洪暴发，那时
它是树芽，小苗，幼树
摧残，蹂躏，甚至冲毁
它逃过一劫又一劫。之前之后
也有一些种子，小苗，幼树
在那里存在过，但都不是太长久
唯它独自活下来，成长，长成一棵树
不仅与山洪斗争，还须承受
巨大的孤独，孤独是另一场洪水
时时刻刻包围它，欲将其淹没

不知不觉中它长成了风景
四周都是树，漫山遍野都是树
它既不高大伟岸，也不柔曼优美
但见到它的人，都啧啧称奇
用相机，拿手机，拍下它
使山上所有的树都心生
艳羡，妒忌，恨，甚至愤怒
它们不停地向它翻白眼，吐口水
遂它们所愿，它终于死了
叶落枝枯。令它们意想不到
当然它自己也不知道，它更加地
奇崛，更加地苍劲，更加地精神
山上的树满头绿叶，这一棵
与另一棵大同小异，不仔细识别
难以区分，难以确认彼此
而它如褪掉衣裙刚出浴的仙姑
光洁，优雅，清冽的溪水中
亭亭鹤立，更加地显眼，一枝独秀

它怎么也想不到茕茕孑立的自己
生前死后都是一道独特的风景
神也是这样的，从来不知道自己
是一尊让人崇敬的神

2021.5.5 中午
2023.5.18 晚改

鱼　刺

咽不下去，又吐不出来
它与你就这样僵持着，整整一个下午
仿佛一场糟糕的婚姻

应是很细很软的一根小刺
如此，你疏忽了它
与鱼肉一起吃到嘴里
到咽喉时，它就停住前进的脚步
像一个顽劣的小男孩
杵在那，一动不动

喝醋，大口吃饭，吃苹果，甚至
喝一大口水，吞到喉咙眼时
又用力喷出来……用尽各种方法
都毫无效果。它仿佛生了根

“唯沉默是最高的轻蔑”
整个下午，佯装它不存在

可越这样，它的根就扎得越深
从喉咙扎进你的心，你的脑袋
晚上你不得不走进一家医院

在医生的镊子上，你看了很久
才终于看清楚它的模样：
细小到真的可以忽略不计
“你不理它，它会自动脱落”
如鲠在喉。真正读懂这个成语

它是可以忽视的，不能忽视的
却恰恰是我们自己——
许多时候并不为大事所累
时常被一些鸡毛蒜皮折磨得半死不活
如这根细小鱼刺卡在喉咙
不进，不退

2021. 5. 11 中午

一粒谷种

——写给袁隆平

从研究一粒谷种
到成为
一粒谷种
他用完
自己一辈子

2021. 5. 22 晚

母　亲

老了，是不是就会被时间遗忘？
她常问：今天是几月几号？
她的世界如此简单：
吃饭，睡觉；睡觉，吃饭
剩下的时间就在屋边慢慢走走

她不需要四季，甚至
不需要白昼与夜晚
她能吃却舍不得去花一分钱
苦了一辈子的她，甚至不信任
国家任何一家银行
把我们给她的钱都装进
一个黑色小包里，包不去身

她已八十几岁
越来越不喜欢电灯，喜欢
一个人坐在黑黑的屋里
仿佛一尊入定的神

她自己也不知道自己
在做着某种训练，或者准备
以适应一朝到来的那种永久的黑

来城里生活已好几年
村里新近发生什么事她一清二楚
“你老二叔昨天走了”
“连荷的妈妈生病已下不来床”
她不担心死，担心死了之后
“我死了一定不要拿去火化
要拉回去跟你父亲埋在一起”
一次又一次不厌其烦地叮嘱我们

现在时间拿她也没有办法
因为从她身上已得不到任何好处
死神见到她，也在回避
一步步在往后退缩

2021. 6. 2 中午

黄昏，站在医院的窗前

夏天的傍晚。天空酝酿一天了
都酿不出半滴雨，凝重如电梯里
遇见的一张脸，一块烧焦的木头
从八楼望出去是尖的方的平的屋顶
放置或敷设管道，水罐，太阳能
盆景，小畦菜地，以及
乱七八糟的被放弃的各类物品
低空中分布的杂乱黑线，仿如
永远也无法理出头绪的命运
玉兰树下坐着纳凉的人
有穿条纹服的病人，也有家属
有人高举着手机兴奋地打着电话
看样子在向家人报喜：肯定是
刚生下个胖小子。墙边的
那棵高大棕榈树，叶子不知从
什么时候开始泛黄，下面的窗户中
依稀还能见父亲佝偻虚弱的身影

这里每天在上演一台台生死大戏
从这里出去的，无论病人
还是陪护的亲人，对生命对人生都会有
与之前不一样的认识，甚至
是颠覆性的。一只鸟飞起又落下
划下的弧线扣动看它的人的心弦
救护车打着警报又驶出大门了
每天看着这些心就会麻木而坚硬
生死不过是一扇门，开关在
一只看不见的手里。挂在床边的
输液瓶也是一只沙漏，一滴一滴
落下的不仅仅是时间，还有
许多难以描述无法描述的东西
我曾这样守候父亲，望着从白色塑料管里
滴落的药水，仿佛
记忆的叶片，从岁月之树上飘落
——那是从小到大与他
在一起的一个个清晰场景

他离世前住院那段时光是父子俩
一生之中相守最长最久的时刻

楼下一阵慌乱，又有一个老人
被亲人手忙脚乱地推进来
我把目光投向天边，起伏的山峦在
薄暮中渐渐隐去轮廓
那里是东方。不管晴天雨天
太阳每天都会准时从那儿升起
只有在这里住过的人，才能体会
生活中那些悲伤痛楚根本算不上什么
生与死才是天底下最大的事情

2021. 6. 11 晨

大象在奔走

从西双版纳出走的大象一路北上
长鼻子卷起全球的目光

许久以来，很多的动物和物种
藏匿于人类的词典，成为
纯粹的词条，或者图画
作为存在过的记录被保全

一定有一个神秘声音在召唤
它们是先行者。一年多了
跋涉五百多公里，硕大的身躯
像一座座山，在大地上移动

大象在奔走，奔走的
不完全是大象，是一切的生命
它们不过是把明天的我们
演示给今天的我们看

2021. 6. 12 下午

父亲节，发不出的祝福短信

父亲，今天又是父亲节
我手机还是发不出祝福的短信

黑夜里那盏亮着的灯已熄灭
风摇晃屋后你种下的那棵枇杷树
雨拍打塑料遮挡的窗棂
没人在半夜里再起来，关紧窗户
蹑手蹑脚拾起掉落床底的被褥
为我们盖住凉飕飕的梦

春节回家，踏进门时已闻不到
你为我烘烤粑粑的焦香味
天掉下来，地塌下去，已无一只
横空而出粗粝如松树的大手
抓住我后颈的衣领，一把拎起
离开那危险境地

早上起来，收到女儿发来的祝福

很是羡慕：她多么幸福
而她父亲每次编好的信息
好几年了，一条都没有发出去
他的父亲一直都不在服务区

2021. 6. 20 晚

消防员杨科璋

他抱着从火焰中抢出的
一声啼哭，穿越天空
突然变窄的喉咙
收缩翅膀，拼命飞翔
一如一抔温湿的泥土小心地
怀揣一粒发芽的种子

落地的一刹那
两个生命，重获新生
从此，他
不再死

2021.6.22 中午

电蚊拍

毫无疑问，电蚊拍是为蚊子
而制造，因蚊子的存在而存在

昨夜被一只蚊子侵扰而失眠
当然蚊子也是生命，也要生存
吸血是为了活命
为了吸血，它绞尽脑汁
对盯上的目标，从不轻易放弃
一黑灯，它就如战斗机一般
飞临我的头顶，锁定脸部
先是试探性地声东击西
瞄准你疏于防守的地方偷偷下喙
开灯找它，仿佛从没出现过
无声无息，无影无踪
命运也是一只看不见的蚊子
无时无刻不在每个人头顶盘旋

早上起来，身上多处发痒的红包

发誓一定要将它消灭
关紧门窗，四处拍打，它终于
现身了，在它飞起来的刹那
我高举拍子，叭！一股焦腥味
想起生命中的许多糟糕之事
又在空中狠狠地挥了几拍
虚无中，叭叭叭的声音
如鞭炮，响个不停

2021. 6. 26 晚

在茶山

一垄垄葱绿的茶树，像大草鱼
露出黑青背脊游弋在山坡上
到茶山当然是看茶，品茶，聊茶
天气不错，虽仲夏，没有
毒辣的大太阳。山头上都是茶树
站在观景楼，群山环绕四周
茶场的主人说，种茶的最佳海拔
是 400—800 米，过低过高
都不合适，它对温度湿度的要求
也相当高。孟母三迁，种茶与
读书同理，环境好，茶才好
好茶还要会泡，水温，时间
甚至泡茶的器具都十分讲究
坐在茶亭里，泡茶的姑娘
边泡边讲解泡茶的基本知识
她说同一款茶，在不同人手里
会泡出不一样的味道
喝茶的人也要会喝，会喝的人

才能品出茶之奥妙
万物有性，万事有道
日本人一直把饮茶尊为茶道
人也是一叶茶，泡在时间的水里
苦，甜，酸，涩，各有其味
即便甜，甜得也不会是一样的
我见过世上又苦又涩的
一片茶叶，是我母亲

2021. 7. 2 晚
2023. 5. 29 中午改

炸裂的西瓜

放在餐桌上的西瓜
叭的一声，突然裂开了
它已经熟透，熟得自己把
自己从里面胀开，不需一点外力
用手一掰，西瓜即顺着
裂隙分裂成两瓣，红色的汁液
如流水般流淌在桌面上

世上许多的事情莫不如此
爱，恨，嫉妒，欲望
一个人一旦装得太多，超过
承受的最大限度，就会像
这只西瓜，不击自破
熟是一把刀
多和满，也是

2021. 7. 23 晨

夏日的中午

天宇的探照灯，明晃晃照着
大地寂静如午夜时分
蝉鸣不绝，像是在擦拭一块
看不见的玻璃，天空中
仿佛隐藏着一座巨大宫殿
不远处，金黄的稻田里几个农人
弯腰收割，如低头啃草的牛
爷爷在自己苍老的褶皱里酣睡
一只晃着鲜红冠子的大公鸡
在屋檐下迈着雄壮之步
急促的铃铛声，让游戏中的童年
纷纷跑回自己家中
当手握几枚小小镍币，奔向村头
绑一个白色泡沫箱的自行车
举起那根渴望近一个假期的冰棒
炎炎夏日就开始坍塌了
漫天都是飞舞的金色蝴蝶
贫穷年代幸福也如贫穷一样简单

一个小小心愿的满足，比如
半勺白糖拌饭，一本小人书
心脏就立刻长出来翅膀
扑棱一声，飞上天

2021. 7. 24 晚

关于苏州

没去之前
只知道
江南有个苏州

去了之后
才明白
苏州就是江南

2021. 7. 25 凌晨

那棵树

多少年了。每当我望向远方
眼睛中就会出现一棵树
站在苍茫的旷野里
那一刻起伏的山峦全都退到天边
退到目光尽头，仅留下
一抹淡烟般的朦胧轮廓

肯定在什么地方看见过它
高远的天穹下，辽阔的大地上
一棵树，就是一棵
孤独而倔强地站立着
那并不伟岸却十分挺拔的身影
风吹过时，它振动灰绿的叶片
发出金属的铮铮之音
不知不觉中它刻进了记忆
植入自己深邃的灵魂

甚至想，它在狂风暴雨

肆虐和撕扯时，怎样把笔直的身体
弯曲成一张弓，躲过命运
一次又一次的疯狂打击
浩瀚星空下，它仿如一只鹰
收敛翅膀，静立于昏暗的月色中
如一座黑黝黝的山峰

我相信在蔚蓝的天空，它也像
鹰一样，一次又一次地展翅飞翔
飞翔是一棵树的希冀
有人说它根本就不存在于现实
只是一种错觉，或幻景
我始终坚信它是一棵真实的树
存在于只有自己能看见的
那一片天空，像一尊神

2021. 7. 27 晚

守　校

暑假。轮流守校。学校刚从地里
扯回花生，晾在教室的地板上
课桌摞在墙边。我们——
其实就是两个人——做值守
从家里搬来草席铺在两张并拢的
课桌上，一人看守一间教室
浩渺的夜空没有月亮，只有稀疏的
几颗星星。世界多安静，从远处
不时传过来几声犬吠
因怀揣神圣职责和使命，心里
仿佛点亮了一盏明灯
突然出现一个黑影，越来越近
警觉且紧张，心跳加快，同时
有一种马上立功受奖的兴奋
两个人很快找个墙角躲藏起来
给偷贼制造一个无人看守的假象
黑暗中屏住呼吸。大脑里飞快闪过
课文上曾经读过的少年英雄

一声熟悉的咳嗽声……是父亲
两个吹满气的气球立即瘪了下去
我们劝他回去，坚决不要他陪守
万一传出去我俩情何以堪
同学们就会骂我俩是胆小鬼
听虫鸣，数星星，到半夜仍无睡意
即便肚子饿极了，也没对
那些花生心生一丝非分之想
醒来时，阳光铺满大地
身上留下许多为蚊子献血的
红色印记。几十年过去
依然坚定如磐的正义感和责任心
无法否定，有一些就源自
这个值守的夜晚

2021. 8. 3 中午

小　黑

家人回家，它都兴奋地摇着
大尾巴，在大门外迎候
仿佛它才是一家之主
对于陌生人则拒之千里外
主人点头准许，它才放人进屋
绝对地忠诚和忠于职守
它叫小黑，我亲密的小伙伴

放牛时，它跟在牛后
放鸭，它跑在前面驱赶那些
开小差不听话的鸭子归队
我走哪儿，它跟哪儿
我坐下来，它就乖乖趴在板凳下
伸出长舌头不停地喘息
一台小型的发动机
它也会去拈花惹草，一只花蝴蝶
会让它追逐大半天

夏天的傍晚，父亲回到家里
脸如一块刚淬火的黑青色生铁
我与弟弟吓得不敢抬头
心里一遍遍检查自己一天的作为
看什么地方犯错，好主动认过
小黑一进门，就被父亲大声呵斥
它夹着尾巴怯怯地躲在我背后
原来它咬死了邻家的一只鸡
它自始至终耷拉着脑袋
认识到自己所犯下的错误

一个早晨天刚放亮，父亲慈祥地
唤小黑，突然传来一声凄厉的
惨叫，父亲手中紧握着一根木棒
棒上沾着它带血的毛发
昨天它又咬死邻里的一只鸡
被棒击的小黑从此杳无踪影
好几次在梦里我被它的惨叫惊醒

几天后听到一个让人心碎的消息
小黑殒命于一辆手扶拖拉机
肠子都流出来了！有同学描述
那些天父亲因为某人讲些公道话
被叫到大队部写深刻的思想检查
“有些人还不如一条狗！”
昏暗的油灯下，我第一次望见
他眼睛里闪烁着的一丝泪花

其实，我从来就没有
把小黑当作一条狗

2021. 8. 3 深夜

山坡上的羊

美且秀的山坡，生长着
青油油的野草和低矮的植物
天空那么蓝，蓝得只在画里见过
溪水那么清冽，清冽得找不到
一个适合描述的词
山不是太高，都看得见山顶
顶上停着一朵或好几朵
哪儿也不想去的白云
想想，在山脚下筑一间小茅庐
种地莳菜，读书煮茶，何等之境
不就是当代的陶渊明嘛

山坡上散布一堆又一堆羊
正低头吃草，这是它们的工作
跟我们每天需要上班一样
吃着，吃着，口渴了
跑到山沟边喝几口泉水
吃饱喝足后，就懒洋洋卧在坡上

小憩一会，它们才不去思考
什么人生，或者羊生
看见它们的人心生羡慕：
做一只羊吧，简单而又幸福
每天爬坡，吃草，睡觉
黑色的羊在山坡上不动
跟一堆黑色石头没有区别
白色的羊不动，就像是
一簇绽放的洁白花朵

晚上回到城里看手机拍的照片
恍然而悟：人与羊站一起
就是一个“佯”字，人想做一头羊
那是骗羊的，更是骗人的
羊与人，却组合成一个“美”字
羊想做人，可不只是想想
做人多好啊，肚子吃饱了
就看我们羊在山上吃草

肚子饿了，就把我们羊赶下山去
一只只杀了炖汤，或者黄焖
下辈子转世，一定要投胎做人
手握万物的生杀大权
可谓威风无比

2021.8.4 中午

在摩天岭风电场

山上的草已枯，灌木林的叶子
已逐渐泛黄或发红，只是
秋日的阳光还如夏天热情奔放
驱车至山顶，群山
扎满巨针，三百六十五根

风无论来自哪个方向
扇叶都会感应并自动调整角度
自由的风，野性的风
走进人类布下的迷魂阵
在突围中碰撞得鼻青脸肿

风在奔突中实现人的欲望
夜里听见它们呜呜哭泣
山本就无病，草木繁茂
上山偷偷套鹰的人两手空空
天空不再有飞翔的翅膀

站在山顶，看着
旋转的巨大叶片，搅动虚空
天黑时山脚下的城市灯火通明
我不知该为群山神伤
还是为我们庆幸

2021. 9. 12 晚

伐木者

大而挺者，最先被目光盯上
伐木的声音比泉水单调
他是伯乐，也是杀手

难得一见的天空。天空
在不透光的树顶流动如时光匆匆
建好的宫殿不断倾圮
又不断为新破土动工的大厦
砍伐栋梁与椽子

深山已空。伐木者将自己伐倒
最后一场大雪抹掉了
所有进山出山的路
时间在深渊里大口吸气

锈迹斑斑的斧头，被狩猎者
发现，打制成
更具杀伤力的箭镞

夜里，拿起发黄的《诗经》
随手一翻，翻到二百二十一页
传来最原始的伐木声

月色空蒙。我不禁
轻轻念诵
世界如此安静，仿佛
不曾有过伤痛

2021. 9. 20 晨

在灵渠的下午

时间像松开手的橡皮筋
一下就缩回秦朝：秦时的天空
秦时的午后阳光，以及
秦时的燥热南风

从导游讲解的麦克风里
进入时间隧道，并不断更换角色
前一分钟还站在高处勘察
山形地貌，后一分钟
就是埋首烛光里的制图者
是从长江进湘江再进漓江而后
进珠江南征的艨艟上伫立的
那位目光炯炯威风凛凛的将军
是手持弓箭的士兵，埋锅做饭的
伙夫，砌筑天平坝的工匠
在石碑上挥毫题诗的书丹者

当大巴车发动引擎离开

我只是公元二〇二一年到过灵渠的
无数游客中的一名游客
在两个多小时里
我是自己的唯一见证

2021.9.25 晨

山　口

太阳总从那儿升起
风也从那儿刮进来刮出去
兔子走过，野狗走过
土匪走过。当年三爷爷被抓壮丁
从那儿消失了背影
日本鬼子进来时，人们
都躲进深山里
很多人一辈子都没出去过
出去的人很多不回头
山口内是山林
山口外是世界
山里人把生活叫过日子
山外人把过日子叫生活
山里人想看世界想找生活
就走出山口，山外人远离生活
想过日子，就自山口进来
一位去到城里发达的人
躺进小木头盒子里也要回来

他在最后一刻说：山外是世俗
山里才是世界

2021.10.2 晨

山风将寂静吹出声音

行走在空荡的山中
内心比深山更空

草色干枯，落叶铺满一地
山溪瘦了，入冬前的秋雨
劫掠了野菊最后的点点黄金

大雁牵扯北方的天空一路南行
北去的人不再回头

巡视人间的神回到白云的山顶
露出半边屋脊的古刹
更幽深了三分

夜晚，山风把深山含在嘴里
将寂静吹出呜呜的声音

当半块月亮掉进溪边的木桶

一声低叹让山屋里的

孤灯，打了个不小的寒噤

2021. 10. 11 晚

2023. 5. 31 改

风吹过

这样的傍晚，太阳沉落西山
秋天已全部收归粮仓和屋檐下
田野里，除了戒疤般的
禾蔸，除了田埂上
日渐枯槁的杂草，寂然如
刚生产完的空虚产妇

风吹过。从看不见的地方
从旷古，从昨天
从遗忘的角落，从睡去的事物
从发黄的故纸，从空空的
老屋场，从山坡上
荒草覆盖着的安静墓地

那些有洞穴可藏的小生命，那些
在将要降临的黑夜中围坐在
火塘边被火光照亮的脸庞
有福了。凉薄的

是被风穷追不舍，在暮色里
还在继续赶路的匆匆脚步

风吹过天地，天地
一下子就老了。风吹过万物
万物立刻都成为陈旧之物
唯站在溪水边的那个人，心里有
八千里的孤独，风吹不动
流水也带不走

2021. 10. 27 晚

山　屋

山路藤蔓上结着的孤单果实
伏在那，更像是一只黑色的蝉
岁月的树枝上，无声地鸣叫
深山的寂静与空

主人早已离去
窗棂上长出几只蘑菇
好像耳朵，听山风
吹奏时间

一窝野蜜蜂挂在屋檐下
几只蜂飞进飞出，让路过的人
仿佛看见生活在这儿的一家人
曾经的忙碌和恬静

从屋边流过的一小溪山水
不分昼夜地淙淙，如反复播放的
禅音，让它在老去的

时光里渐渐入定

2021.11.3 晚

闪　电

倏忽出现，又立刻消失
多么虚无的藤蔓
却隐含如此巨大的力量
让秩序井然的世界，立刻
乱作一团

正好是下午的闲散时光
我伫立窗前，盯着它看
看它怎样现形
怎样遁影，又怎样牵引出
一场暴风雨，让万物
承受与认领

没来得及看清，一个响雷
炸在窗前，吓得自己
不由得后退好几步
像是警告：天机不可探
紧接着万箭齐发

其实，别说是天界
人世间许多事也看不明白
比如命运，一道
无光无影看不见的闪电
一直在操控我们
虽抗争一生，始终
未得要领

2021. 11. 6 晚

正 面

把一块硬币在桌面
旋转，停住前的
刹那，用手掌盖住
紧紧攥在手心
一直不敢打开，即便
已经明白不是正面
心有不甘
用一生时间来
求证——

2021.11.8 晚
2023.6.1 改

残　梯

废墟上仅剩下一堵墙。墙上
还留着完整到顶的阶梯
在郊外，在一片空旷之地
一件残缺的建筑艺术

满地乱长的杂草
爬了好几个春秋了
没有一棵爬上去。也曾
来过几个孩子，想爬
给大人喝止住

许多年过去，它一直没倒下
好些人跑来拍照
却没有一个人尝试爬上去
只有路过的小鸟不怕
在上面跳来跳去
站在下面，我知道它的
等待与坚持

好不容易鼓足勇气
爬上去四五级，就害怕了
颤颤巍巍地退了下来
不是不信任它
而是无法信任我自己

2021. 11. 18

机场路

来来往往，络绎不绝的车辆
从市区到机场，从机场到市区
当然，也有一些车辆
在中途转道奔向其他地方
人们永远在行走的路上
即便卧在床上的人，他的心
代替他在过去与未来来回穿行
父亲瘫痪在床的那几年
重复给我说他年轻时的事情
以及哪一天能下床行走
想完成的几个愿望

一段时间，几乎每天都在
接机与送机的路上
接的人，都是初次见面
送走的人，再无相见
年轻时十分艳羡那些南来北往
在天上飞来飞去的人，他们

每天像鸟一样在天空中自由飞翔
直到在机场看到一个母亲搂着孩子
泪流满面："妈妈再跑几年业务
就陪伴宝贝，再不出去。"
才知道那些看似来去自由的人
身上都缚着一根看不见的线

每年自己也会飞出去一两次
每次飞机冲上天心脏就悬在喉咙
直到平安落地才归至胸腔
天生的恐高症，从小就害怕
双脚同时离开大地，以至
选择住处从来都在五楼以下
以便时刻感受到大地的温润呼吸
如听见母亲时不时的轻唤
每次离开后回来，对蜗居的
城市又增加了一份认同和依恋

路上往来的人们都行色匆匆
许多人出门时轻装简行
归来却塞满整个皮箱，当然
也有人仍是出行携带的几件物品
躯体才是旅途中最大的行囊
且走且看，有人装着世界
有人疲惫不堪空空荡荡

一个旅居国外多年的老人
落叶归根时提着当年出走时的
那只已磨损得发白的牛皮箱
里面装着一抔黑色泥土
无论走到哪，总把它带在身边
他说，其实自己一刻
也没离开过故乡

2021.11.24 中午

同　学

几个初中的同学聚在一起
初冬的头顶，草木已稀疏凋零
山脚下凝结一层薄薄冰雪
我们举杯相庆，庆祝
曾经一起拥有的青涩春天
从火热的夏天分别后，各自迈过
无数沟坎，始终没在丛林中
迷失，分别拥有相对完整的人生
席间有人在手机的相册里
翻出一张发黄的黑白毕业照片
我们把头靠在一起，开始
寻找四十年前的自己，很快
把在座的其他同学一一都找出来
许久却找不见自己，终于找到时
心里还是不十分肯定。看来
一个人了解他人，胜过了解自己
不是吗？许多人说起别人总是
如数家珍，讲到自己永远闪烁其词

当指着其中几位
从相片里再也喊不出来
一时鸦雀无声
“人生无常，活着就是幸福”
一同高举酒杯仰头一饮而尽
围着一炉暖融融的炭火
很快又相互攻讦和戏谑，杯子
一碰再碰，仿佛一晚上
要花完一生的开心。最后分手时
不说再见，而说：天太黑
路上各自小心
抬头看天，夜空中
仅有几颗寒星在幽幽闪烁

2021. 12. 2 中午

裂开

岩石为泉水裂开
泥土为种子裂开
种子为春天裂开
天空为雨水裂开

为了绽放，花苞裂开
为了好看，羽毛裂开
为了多一条路可走，道路裂开
为了接纳与承受，大地裂开

只有母亲为我裂开
只有爱为一切苦难裂开
只有空气为蹲在墙脚的抽泣裂开
只有裂开为裂开裂开

2021. 12. 4 晨

铁

铁一路向前
穿越历史，也穿透我们

看起来容易生锈
不过是一种自我保护
抗拒时间及其他
隐蔽自己

父亲一辈子对铁
都情有独钟
且深信不疑
那些铁打的锄头、犁头与镰刀
微弱的光芒总能映照他
早起的黎明与晚归的夜晚

坚硬的铁，沉默的铁
深入生命的骨髓，让血管里的
每一滴血，都散发出

浓浓的铁腥味

自己曾多么渴望
成为一块响当当的铁
深怀刀刃，不屈服于
真理之外的一切

却不承想活成了一枚钉子
深陷一堵看不见的墙里
难以深入
难以自拔

2021.12.5 晨
2023.4.6 晚改

大　雪

无论历史，还是命运
转身时都会有一场大雪
在路口等着。漫天飘舞着的
雪花，如过往撕碎的纸片
天地一夜白头：许多老电影里的
经典镜头。但一场大雪
不会轻易就落到人世
人的一生能遇上一两场大雪
实属幸运与幸福。小时候
去舅爷爷家，在大山的深处
与表哥睡在牛栏里的一堆稻草上
听雪沙沙下了一夜，雪光如月色
以至任何时候想起心里都充满
一种无法描述的静谧与洁净
今天是大雪节气，空中飘荡的
却是一粒粒看不见的病毒
空气阴冷，街上很少的行人和车
我把车停在午后的阳光里

让阳光穿过身上的裂隙
驱除藏匿其间的湿寒之气
补充骨头里不断流失的钙质
人到中年，世事浩茫，却难连
广宇，身与心浸透着烦腻的疲惫
笼中困兽找不到出逃的门洞
多少年没见下雪了，多么渴望一场
冰雪的洗涤，让被世俗污浊的
灵魂显现出当初的光洁
此刻在车里，随一曲陈旧的歌曲
听一场大雪纷飞在许多年前
和许多年后，时间永恒
唯有世界速衰，渴望中的
一场大雪，永远等在下一个路口

2021.12.7 中午

打铁铺子

上午很好的阳光，不经意间
走进古镇里的打铁铺子
有些黑暗的屋里一炉红红的煤火
突然就不想走了
师傅，可以让我躺上去吗
躺在那块锃亮的铁砧上？
他根本不理会我，抡锤向
刚出炉红通通的铁条重重地
打下去。没等他允许
自己已经悄悄地爬了上去
仰天躺在铁砧上
那根铁条子已被我取代
他每锤一次，我痛快呻吟一次
再把锤抡高些，使大些劲吧
我不时在心里提醒他
我们配合得多么默契
想翻一面时，他就把铁条翻过来
奇怪的是，感觉的不是疼痛

而是从未有过的满身舒畅与舒服
大半辈子了，在另一块
铁砧上，不停地被轮番锤打
最后打成了一件国家不满意
自己更不满意的物件
许多时候在床上怔怔地望着天花板
心里在想，是原材料不好呢
还是那些铁匠不会抡锤用力？
现在躺在这里完全不一样
每一锤都锤在该锤的，也是自己
想锤的地方，身体里积累的
许多东西似乎一下子全释放出去
有一种无以言说的解脱
离开时我十分诚恳地向他致敬
他永远不知道自己做了一件
非常了不起的事，仅仅半天工夫
让一个人痛痛快快真真切切地

重新活了一回——

2021. 12. 9 中午

挖野蜂蜜的人

在一个塑料袋里放上融化的糖
诱惑外出采粉的野蜜蜂
捉住一只在它身上捆绑一根红绳
观察它回巢的路径，轻而易举
就能找到藏匿在岩石缝隙中
的蜂巢，攫取甘甜的蜜汁

在郊外遇到两个挖野蜂蜜的人
交谈中毫不保留地分享寻蜜技巧
我梳理出一根互相依存的链条：
大地长出植物，植物开花
蜜蜂采撷花粉酿蜜，他们采蜜
并以此为生，养活一家

他们挖开并捣毁它们的宫殿
多少有些残暴，却无法阻止
想起小时候母亲教的办法
送老人上山返回时不要直接回家

找一个地方先落一下脚
迷惑并甩掉万一跟随的鬼魂

整整一个下午我都在想，如何把这个
不错的方法教给它们
傍晚时他们已背着麻袋下山
空气中飘散着甜甜的香味
我有些空落，跟在他们身后
像一只无计可施无家可归的蜜蜂

2021. 12. 9 晚

黄　昏

整个下午，心无挂碍
站在旷野，看夕阳坠入远山
霞光漫天
大地空茫，宁静
河水缓慢流动，世界荒芜而丰腴
一切回到自己
黑夜来临后，万物
都将是黑夜里最黑的那部分

2021. 12. 10 晚

修钟表的人

多么专注。目光，呼吸，和心跳
都浸在那些细小的零件里
街上来来往往的行人与车辆
都惊扰不了，一旦他投入
与那把镊子就死死地焊在一起
街边狭窄的屋檐下刚够安放
他的人生与生活
背紧贴着墙，一坐就是整天
每天从深深的小巷尽头
推出工作台，台下四个铁轮子
碾轧石板路发出咔叽咔叽的声音
仿佛没上油的钟表吃力地走动
小儿麻痹症击伤他一条腿后
给他留下的就是左右倾斜的世界
他校正了多少错乱的时间
把许多误点的人生拨回正常
就是校不好一次自己真正的爱情
两次婚姻都是昙花一现

人财两空后，他开始认命
爱情虽死，爱与情仍在
从孤儿院他认养了一个女儿
女儿还小时，他把她总带在旁边
她很乖，看他工作不闹不吵
我找他修过手表，也是
唯一的一次，但就是这唯一一次
他给我留下的印象十分深刻
——出差的头天手表坏了
急着修，他答应下午帮修好
下班去取，表太多，来不及修
他边道歉边撬开我的那只表
修好时天已黑，说什么都不收
一分钱费用，说已耽误我宝贵时间
他每天在修理运输时间的机器
比任何人更懂时间的意义
后来我离开了小镇
听说他女儿考上不错的大学

学的专业是机械制造，无疑与
自小看父亲鼓捣那些金属零部件
有绝对性的关系。再后来
就没有了他的任何消息
一个残疾人修表养活自己
本来就不会引起人们的关注
不久前回镇上，路过十字街口
看到他曾经倚靠的墙壁上
有一团斑剥的深色印痕
这个用背一天天蹭擦出来的
无丝毫美感可言的图画里
除了我，很少有人知道
它隐藏着一个人自食其力的一生

2021. 12. 15 中午

桉树林

在动车上，看着山丘上
连绵不绝的桉树林，整齐划一
很少掺杂其他树种
旺盛的生命力让人吃惊
让异类无法生存
它们的根深深扎进泥土
身子站得笔直。它们
最懂自然的法则，最懂
如何向大地摄取营养与水分
向天空摄取光能
它们很快成材，很快就被砍伐
年轻时羡慕跑在时间前面的人
现在把岩壁上一点点
生长的那棵矮小榕树
看作最美的风景

2021. 12. 15 晚

山　中

时间被山泉洗得清亮
曾经砍伐森林的刀
已长满老年斑
在山中，迷途的我们
在寻找出口，而一只野鸡
却用优雅的脚步，度量
从一个树影到
另一个树影的距离
它一生逃避太阳
我们一辈子在摆脱阴影

2021. 12. 29 晚

朽　木

一截朽木挡住了
去路。它确实太腐朽
用刀轻而易举就剔除了坏死的
绝大部分，露出一根
瘦硬的骨头。一棵倒下的树
不再飞翔，但依然是一把梭子
在隐秘中悄悄穿透
穿透自己，穿透时间的谜面
抵达我们无法预知的
未来和远

2021.12.31

蛇　蜕

枯黄的草地上
一张发白的完整蛇皮
时间的裙裾和痕迹
那条长长的生灵早不见踪影
只有无限的想象
在空气中，如飘忽的雾气

诗也如此，灵感倏忽闪过后
写下的
已是灰烬

我留着父亲生前不知翻了
多少遍的一本草药书
上面写有他的姓名——
工工整整——
多么郑重其事
深夜里有时翻开，见字如人
这是他留在人世

唯一可寻的脚印

脱下皮的蛇在山林中
依然游走如风。而留下姓名的人
却永远
无法再见

这首诗是我脱下的自己
留在白纸上
它在，我在
我不在，它依然在

2022. 1. 5 晨

牙　齿

一颗牙病了，病得不轻
牙根已空，神经坏死
一棵空心的树，随时轰然而倒
它曾多么锋利，为我咬碎
多少生活的坚壳，刺肉的硬骨
以及许多的愤恨之事，之人
现在它甚至已不能去触碰
一滴稍为冰凉的冷水
医生说，拔掉它重新种上一颗
哪天太阳或月亮病了，是否
也可以拔掉它们，装上人工的？
一下想起来这个天大的问题
自己也觉得有些可笑
牙齿就是牙齿，也不是
飞机，大炮，原子弹
万物都有其齿，只是有些看得见
有些深藏于肉于骨，在心在目
甚至在唾液，在神经，在细胞核

肉眼无法望见，哪怕火眼金睛
万物自身都是一枚牙齿
山是大地之牙，波涛是大海之牙
笔是鲁迅的牙，枪是战士的牙
人是人类的牙。想想自己
五十多年来，虽没为人类
做出过多少贡献，也没有作恶多端
有时免不了以牙还牙过
但从没以怨报德，睚眦必报
即便算不上一颗好牙
也绝不是一颗坏牙齿

2022. 1. 12 晚
2023. 5. 30 改

原　谅

我是那么弱小，以至
母亲被她狠狠地摁在地上
只能站在那里，用全身的颤抖
和屈辱，把嘴唇咬破——

母亲脸上那条被指甲
抓破的渗血伤痕，仿佛
一条绳索，很多年，一直
紧紧地勒着我的脖子

没等我长大，她已出嫁
再见是在一位亲人的葬礼上
她满头白发沧桑如晒干的丝瓜
在脑海里重复播放那一幕
怎么也生不出一点恨来

我从来没原谅过她
只是不知何时起

已渐渐原谅了我自己

2022. 1. 13

喊　魂

我的魂魄丢了，魂不守舍
母亲已看出来。那时七八岁
傍晚时分，夜幕笼罩大地
姐姐在烧火做饭，母亲走到屋后
那是一大片刚收割的田野
她沿田埂走不多远就掉转头
边走边唤，她喊一次
姐姐回答一句
暮色也随之浓稠了一分
我缩在房间里大气不敢出
离开家乡，独自在人世行走
走成了一具行尸，空空荡荡
灵魂总找不到栖息的枝条
学着母亲的样子，当黄昏降临
站在城市的窗边，向着虚空
在心里一声一声呼唤自己
喊一声，城市的灯光明亮几分
屋里的黑暗却加厚一层

一只白鹭，像谁丢弃的魂魄
从江面隐隐振翅掠过
消失在空茫的夜空

2022. 1. 14 晚

杀年猪

猪养大是杀来吃的
谁也不用怀疑
人们花心思喂它，目的就是让它
快点长大。它享受着饭来张口的
巨大幸福，吃饱就睡
从来没想过明天。想又如何？
不如不想。猪笨得聪明
它知道未来不是自己把控的
存在着的这一天
才真正属于自己。不存在的
那些明天对于它毫无意义
当一把明晃晃的刀
架在脖子上，猪的挣扎
显得那么多余而苍白
从小到大，杀年猪时每个人
总是那么地欢天喜地，看起来
年才是猪的大限，人只是
帮年完成了一项必要的任务

当人们围着一大锅沸腾的猪肉
推杯换盏，笑语盈盈
沾满血水被暂时丢在一边的
那把刀，躺在那里
显得那么无助且无辜，仿佛
被杀的不是猪
而是刀自己

2022. 1. 29 晚

虎　年

从零点始，犁了一年地的牛卸轭
回栏歇息。一只斑斓的老虎
从山林中迈入人世
不用害怕！此刻它早已将
心中的雷霆藏进岩石
血液里的那些刀剑与闪电
也已化作美丽的花纹
因是虎年，它放下身段
屈从并迎合我们
现在谁都可以摸它屁股
现在谁都可以做武松，骑在
它背上，在大街上游走
在世上艰辛奔走的人们，许多人
骨头已柔软如枝，身上的刺
也已被时间消磨殆尽
许多时候甚至不敢面对自己
挣扎的灵魂。对着镜子
已无勇气对镜中人问候：

你还好吗？

今夜老虎下山，今夜

我要领回一只幼虎养在心中

从此心中有猛虎

不惧风雨

2022. 2. 1 中午

立春书

没有雷声炸响天空
一条铁链里大雪纷飞二十多年
人与兽交换脸孔
语言找不到词
此刻，愤怒显得陈旧而苍白

一朵被摧残的花朵
在到来的春天，即便用尽天地间
所有的阳光与雨水
也已经回不去
早已失去的枝头

2022. 2. 4 晚

山　鬼

山鬼不是人
山鬼是鬼。山鬼走路
无声音
满山的树叶
悄悄落

山鬼不是鬼
山鬼是人。山鬼烧炭
一身黑
走出山来
雪纷纷

2022. 2. 8 晚

火山口

那么大的一个坑。可以想见
当时爆发时的恣意和狂放
导游不说，谁也想不到
它是火山熄灭后留下的遗址
坑的周边以及坑底长满花草与杂树
当然，从那些裸露的破碎岩石
还是有迹可循——
事物先有答案，求证就变得像
小学数学的填空一样简单

到来的游人任凭想象在脑海里
拼凑三百八十年前那次爆发情景
时间不近也不遥远。只是
她最后的解说让平静的空气
骤然掀起巨大的波涛
她说，但是——
悬崖般陡峭的转折——
它并没死去，只是在休眠

像老虎或狮子蜷缩身子
趴在地上打一会儿盹，说不定什么时候
冷不丁就睁开眼，或许
在千年万年之后，或许
就在下一分钟

站在坑底的人群开始骚动
许多人脸色发青，脚底的岩石
好像在悄悄涌动，爆发仿佛
真就在下一分钟。直到
逃出坑外，才长长嘘了口气
——从自己的躯体里逃离
也有一种虎口脱险的轻松

2022. 3. 2 中午

与村里老人一起喝酒

一盆炽烈的炭火，一只铁趴锅
被留守的几位老人团团围住
他们用土话谈天说地
说到某个兴奋点咧嘴而笑
忘了我的存在。端杯喝酒时
才想起我来，酒杯一放
又回到属于他们的那个世界
说着，说着，突然没有了声音
原来前些日子邻村一位独居老人
走了，尸体发臭才被人发现
大家一阵唏嘘之后长久地沉默
主家老张端起杯子说了句什么
他们又开怀大笑
最后锅里剩下一层漂浮的油星子
一个人很快从家里端来一碗
更下酒的炒腊鱼
不到九点，天地已十分安静
不时有几声疏朗犬吠飘荡在夜空

结束时一起举杯相碰，不远的
地方传来一阵短促的鞭炮声
老张叹息：“又有人走了！”
把杯中之酒浇在地上
大家又一阵静默

2022. 3. 6

汉　字

一个字
不只是一个字

当念到“苦”时，母亲的头发
一夜间就全白了

当读到“甜”时，姐姐把她的
那半颗糖也给了我

当看到“爱”时，父亲在半空中
抡了又抡的巴掌，一下子就泄了气

当知道“悔”时
生米都做成了熟饭

当真正认识“命”时
自己已只余下半条命

有人活一生就为一个字
有人被一个字囚禁一辈子

拆开的“人”，是两把明晃晃的刀
两把刀架在脖子上，这就是人

2022. 3. 7 中午

酿酒的人

我俩不谈酒，谈字
他说墨水从来都香过酒
作坊在山脚，一沟清冽的泉水
好水出好酒，除此外
他再想不出还能出什么

鼻梁上两个厚厚的酒瓶底
过低的海拔，一直为爱所忽略
酿酒活命，写字续命
酒是明澈的白昼，墨是漆黑的夜
拥有完整一日，夫复何求
——自嘲，也是自慰

爱东坡，爱他的“石压蛤蟆”体
他说自己也是只蛤蟆，趴在
沟边的石头上，偶尔
也冲着单调的日子大喊几声

无事时，看头顶飘过的云朵
听暮色里大雁落单的鸣叫
他说叫声里的孤寂有多幽深
天空就有多辽阔

2022. 3. 15 晨

山窝里的小镇

大山伸出两只巨大的手臂
把它紧紧搂抱。一条大路，从很远的
地方走来，又走向更远的地方
来自云朵之下的一条大河
背负群山对海的向往，背负
所有的传说，穿过小镇
一路蜿蜒向南而去，并带走
小镇平常并不多的故事

山上的树四季里悄悄生长
又悄悄走失。山脚下木材加工厂
那把转动了许多年的大钢锯
一刻也不停息。让它们对于成长
有了许多的焦虑与纠结
远近闻名的是桥头那家鱼餐馆
河水煮河鱼，鱼与河水
生，在一条河里
死，在一个锅里

镇上最高处是卫生院，那是
人们最不愿意上去的地方
一南一北是一所小学和中学
每天被铃声冲洗过的空气
总有一种淡淡的油墨味
只是太阳要走差不多一个上午
才能到达这里，停不太久
又要匆匆翻过山去

站在山上往下看，它仿佛是
堆放在河边的一堆大石头
在深邃的时间里静静呼气与吸气
镇上无大事，天大的事
无非就是生老病死。当然也曾
发生过比天更大的事情，多年前
一辆大巴深夜冲下镇头的大桥
那声巨响一直留在小镇心头
每逢中元他们都还为

二十多个亡灵焚香烧纸

2022. 3. 15 晚

钉　子

待在墙里
失去了自由

从墙里拔出来
又无立足之地

钉子望着我
我盯着钉子

都不说话，就这样
相互看了整整一个下午

2022. 3. 19 凌晨 3 点

真　相

当人人都在追问真相时
真相已经
远离真相而去

当人们终于放弃追问了
真相才浮出水面
像一条死去的鱼
发白又发臭

看见的人掩鼻而过

2022. 3. 19 凌晨 3 点

鸡蛋与石头

一般情况下
鸡蛋去碰
一块石头
只能
自取其辱

但当一只鸡蛋
足够坏时
就不会
害怕石头
再大的石头
也能把它
搞臭

2022. 3. 19 凌晨 3 点

黄雀，螳螂与蝉

当螳螂捕蝉时
蝉友情提醒螳螂
它后面有黄雀
螳螂会不会就此
放过嘴边的肉？
问题虽简单
但估计没人
回答得了

2022. 3. 19 凌晨 4 点半

救　命

喊救命的人
往往不在
水里
而是站在
岸上

2022. 3. 19 凌晨 5 点

夜　雨

雨下在深夜里，下在睡眠之外
穿透黑暗，缝补失眠人
破碎的记忆。停在江口的木船
不会寻思摆渡到对岸的人
山中的凉亭也不去追想那些
曾暂留的脚步，是否登临山顶
或退回山底。此刻
它们已在雨幕中入定

但雨没有时间，下在
今夜的雨，也会下在很多年
以前和许多年之后。反过来亦然
一度弄不清楚雨为何
总喜欢下在漆黑的夜里，后来才明白
它在为人类光天化日下
犯下的罪与过，默默洗地
为受伤的人们清洗伤口
被雨抽打过的事物，要么

焕发出勃勃生机，要么
悄无声息地熄灭凋零，腐朽成泥

雨把我们心中怀揣的灯点亮
使过往的一切泉水般澄澈
我常看见父亲坐在许多年前的
一盏油灯下，在沙沙的雨声里
编织一只捕鱼的鱼笼
或制作一件遮雨的蓑衣

哦，雨夜里最适宜做的一件事情
是一个人枯坐于书房，打开一本
发黄的书，与书中人面对面
夜深人静时就会忘记
那人是你，还是
你是那人

2022. 3. 23

跳动的油灯

油灯，跳，跳，跳
爷爷扛把锄头，从月光里回来
黑狗上去舔他的腿肚子

油灯，跳，跳，跳
弟弟再三逃学。父亲在公路的
遥远尽头，修水库
母亲要喝敌敌畏
姐姐一手握油灯，一手遮挡风
我深一脚浅一脚跟在身后
油灯跟心一样，惊慌地跳
黑魆魆的夜，虫子枯燥叫着
我们去喊外婆

油灯，跳，跳，跳
爷爷躺进棺材，唢呐吹开天上的路
后来父亲也躺进去
夜黑得不见一丝星光

只见油灯木木地跳

油灯，跳，跳，跳
在天上，在地上，在泥土里
在所有想看见它的地方
它是一颗不会歇停的
小小心脏，寂寂地燃烧

2022. 3. 30 晚

暮色四合

暮色垂落，飞鸟回巢
万物各归其所
神在最幽暗最深邃的地方
隐秘之物蠢蠢欲动
旷野无人。风凉了流水
我与父亲从地里回家
路过坟地时，他停住脚
指着一块空地说百年后就埋这里
仿佛死不过是人干活累了
躺下睡的一个长觉
转个山弯就看见一团灯火
第一次发现两个世界
挨得如此之近，如邻居
月亮已爬上山冈
虫鸣如织，大地寂静而安谧
作为生命，人与草木
在本质上没有任何区别

2022. 4. 1 中午

雪　人

没有雪的冬天，感觉
比有雪更冷

很多年前与小伙伴们堆的雪人
一直走在路上，它在
寻找那个冬天里走失的人

几双通红的小手，长成翅膀后
都飞向各自的天空。之后
一个又一个冬天再没遇上一场雪
能让你堆出一个完整的人

渴望做雪花的小女孩
真成为一朵飘忽的雪花
融化在春天的雨水里

那一年你不远千里去到
大雪纷飞的北方，折腾老半天

也堆不出来一件
令自己满意的作品

——中年的你
有冰雪之冷，无冰雪之心

2022. 4. 2 下午

腾蛟庵

寺庙建在悬崖绝壁下，门前
一条奔腾的大河
前无去路，后无退路
是我见过最特别的庙宇
既出家必须斩断尘世的前路后路
把自己干干净净交予佛陀

当年李叔同一叶孤舟驶离尘世
岸边跪着苦苦哀求的妻子
多么决绝，头都不回
想起那个场景，心禁不住
一阵抽搐……如是
李叔同成为弘一……正如
我一直读不懂李叔同
李叔同也不一定读得懂弘一

一根藤蔓从悬崖顶凌空而下
落在地上又一次生根

它在做某种阐述：

一意孤行到无我无人

上天有路

入地有门

2022. 4. 3 晚

白鹭飞过河面

清晨拉开窗帘，几只或一小队
白鹭，低低飞过河面
在晨光里白得像梨花一样
翅膀有节律地拍打。让人
想起那些在肩头上下跳动的
扁担，并发出鸟鸣一般的吱吱声
春天把肥料挑去河对岸
秋天将稻谷或红薯挑回家里
白鹭也许带着某种隐秘的使命
每天都在收拾并驮走人世一些什么
一觉醒来我们发觉生命中
有些东西已不复存在或消失不见
我越来越确信与它们相关
昨夜我梦见逝去的亲人
白鹭仿佛穿越了深邃的梦境
现在他们与它们合二为一
正飞过河的对岸，渐渐

消逝在空蒙的天空

2022. 4. 5 晚

雨天的下午

朋友在下棋，我陷在绵软的
皮沙发，仿佛潜沉在时间底部
雨时大时小，一阵急遽一阵缓慢
马路上，不时传来车轮碾碎
雨水的声音。水也有神经
发出龇牙咧嘴的呻吟

朋友的店里摆满各种石雕：
佛陀，菩萨，力士，老虎，狮子
羊，牛，以及传说中的瑞兽
都穿着千年以上的时间外衣
雨中的河流，静如处子
岸山隐身于雾中，朦胧而神秘
从来如此，越是看不清楚的事物
越使人着迷，距离产生美
适当的距离也是一种
处世的规则与哲学

楚河汉界，朋友与朋友
在玻璃桌上拼杀，子落有声
人心中都有一个成王的梦
纸上谈兵也是一剂心灵慰藉
其实每个人也是一枚棋子
不知道那只看不见的手下一刻
会把自己落在哪里。人一生
总在不断丢弃自己又不断
寻找自己中虚耗着光阴
因为始终执迷不悟，所以
一直都乐此不疲

2022.4.9 晚

喊　山

喊一声，一根根木头滚下坡
喊一声，月亮爬上东山头
喊一声，纷飞的大雪，满山的草木都弯下腰

生个儿子，喊两声
一个人走路太寂寞，喊两声
活得好，喊两声
活得不好，也喊两声

把太阳喊落后，又把它喊出来
从几户人家喊出来几十户人家
地上的庄稼，是喊出来的
天上的雨水，是喊下来的

喊一喊，流下的汗，落下的泪很快就干了
喊一喊，满山的草木就绿了
喊一喊，弯弯曲曲的山路就直了

心中的那些苦那些愁就像
山沟沟里的水，喊喊
就不声不响地流走了
日子就如吃饭的木桌，喊喊
慢慢就起了一层皮壳，有了光泽
孩子喊大了，人就老了

那就再喊一喊吧
喊喊，那些走失多年的亲人
又会从晃眼的春光里走回来

2022. 4. 12 晚
2023. 3. 21 改定

那个山坡

曾经好几次路过那里，看见的
都是杂树，荒草和藤蔓
清明刚过，那里割得相当干净
露出一排排坟，像建在坡上
一座挨着一座的矮小房子
有些扎眼，却十分安静
偶尔的几滴鸟鸣投在空气的湖面
荡漾起一圈圈看不见的波纹
前面是大片果园，园里的柑橘树
枝头上开今年的花，挂去年的果
世事难料，几年前还走俏的
柑橘，现在已迈不动腿
在一棵树上终老。天气预报说
今天有雨。天空的脸
阴郁大半天，雨一直没下下来
想起因疫情不能回去，父亲坟头上
那些杂草，又开始遮挡他的
双眼。生病那三年，他每天

坐在门前望着村外的大路口，每次
我们回去看他，告别时
他都流泪有时甚至哭出声来
以为疾病让他变得敏感而脆弱
后来才明白，他把每次与
我们的相见都当成最后一次
不是迷恋生命，他是不放心我们
天空好不容易闷出稀疏的几点雨
看看不远处的村庄，两个世界
如此之近，又如此之远
万物皆有灵，我相信那些柑橘
与人一样，也有说不出的
别离，纠结和痛

2022. 4. 14 晚

雨天总让你想起那些陈旧的人事

雨总是陈旧的，陈旧的雨
也总是下在那些陈旧的
有着老皮壳的时光里

一条路在蒙蒙的雨中走向山里
被雨水渐渐融化的佝偻背影
任何时候都让你的目光湿润，温暖与隐痛

陌生人撑在你年幼头上的伞
天空底下的天空
那么多年过去，一直还在头上移动

大街上奔驰的车，急急行走的人
都能为你复制出曾经的
某些时刻和场景

人是靠记忆喂养大的
谁说“时间并不存在，人类

是给记忆欺骗了”的

一直都相信散落在时间深处的
那些碎片，那些忽闪的萤火
使冷漠的时间温存
让呆滞的世界生动

如此刻，依偎那些陈年的人事
在这个冷雨霏霏的下午
一个人沉潜于一只玻璃杯中
水一般地安静与澄澈

2022. 4. 15 下午

在漓江边的民宿

像是五星级酒店的浓缩版
游泳池，凉亭，小花园，假山
太阳伞。围墙边的几株芭蕉
已结青青果实，一湾
清浅的水里游动的小锦鲤
比下午的时光更悠闲与散漫

已临初夏，时雨时晴
墙角翠竹叶上滚动晶莹的雨珠
仿如偶然遇见的乡间儿童
清澈干净却有些怕生的眼神
天尚未完全黑下来，有人
在休息厅无须生火的壁炉前
读梭罗的《瓦尔登湖》。脑海里
立即就跳出他手持黑色雨伞
走在回家路上的场景，一边走
一边还计算一天的柴米油盐

从酒店望不到江，浓密的树
与丛丛凤尾竹以及它们的浓荫
将它深深藏匿起来，藏匿起来的
还有流水从不轻易示人的秘密
一条杂草覆盖的小径通向它
天黑时借着昏暗的天光
一个人走到江边，然后从那里
再一个人折转回来

白天不吱声的虫子，在黑暗里
叫着不停，身体里仿佛装着核能
有一会你停住脚步，没有什么要等的
还是莫名地等了等。幽暗的
流水声并没有跟上来，只从江面
吹过来一丝清凉的风

看到酒店橘黄温暖的灯光时
你的脚步轻盈起来，仿佛

甩掉了所有尾随的黑暗与阴影
从未有过地如释重负——

2022. 5. 11 晚

山　溪

它不知道大海，只是
随着山势一心向低处奔突

它其实也没有目的，只怀抱
一个简单得不能再简单的想法
——挣脱大山的锁链
它那么毅然决然地不顾一切
用“逃”来形容更确切

看吧，它对挡住去路的一切
能绕过去就绕过去
确实绕不过去就直接冲撞上去
遇到万丈深渊也毫不犹豫
想都不想，跳下去

如此，它汇入江河
江河带它流进了大海

整个下午，跟隐居山林的朋友
讨论生命如何修成正果
他一直望着淙淙溪水，直到
天完全黑下来看不清任何事物
我们再没有说话，回到
灯火渐渐明亮起来的屋子里

夜里躺在大山的黑暗中
听流水之声如沐佛音

2022. 5. 19 晚

渐渐爱上那些残缺的事物

相对于月圆，我更爱月缺
像小时候母亲掰开的饼
弟弟大半，我小半。相比于日出
我更喜欢日落，日落后夜幕中
繁星闪耀，让人相信天空
不只有太阳还有许多的发光体
因此，我爱被虫子啃咬过
挂在枝头上无人采摘的果实
爱大厦坍塌后废墟上长出
的树木，草和花朵。爱耸立在
荒野上冒不出烟的大烟囱
爱散落在大地上的残垣断壁
甚至爱自己身上留下的疤痕
是的。我渐渐爱上了那些
破损残缺的事物，缺损让它们
比完整时更完美更使人心动
父亲到死没对我说过一个“爱”字
但我知道这世上没有谁

比他更疼爱我

2022. 5. 23 中午

城里的蛙鸣

搬进一个新小区。楼的前面
建有一个迂回环绕的小水系
春季随气温升高，烦恼也找上门
青蛙合唱团，从天黑一直演唱到天明
只要不下雨，每晚准时开场，热闹堪比广场舞

楼里的住户在群里叫苦连天
许多人睡不好觉，有人整夜无眠
每天都有人在群里喊：物业该管一管
物业闻声而动，真负起责来，几位管理员
接连好几天，每晚都捕到几十只，战果丰硕
他们把照片发到群里，群内一片沸腾
有人高喊着“爆炒”，有人大声嚷着“椒盐”
当然只是开开玩笑，过过嘴瘾
被捕的青蛙都拿去小区旁的江边放生

安静了好几天。几天过去又回到从前
群里议论纷纷：有人说仅捕了青蛙

蛙卵与蝌蚪并未捞走，很快又发育成熟
它们的繁殖力真不可小觑
有人说小区临江，上次放生的又爬回来了
弄不好还带回一群亲朋好友
因此简单的捕捉不过是治标不能治本
于是大家在群里建言献策各抒己见
归纳起来，主要有两种意见：
一种是干脆将水系放干，让它们无藏身之处，无生存之地
一种是在水里直接投药，斩草除根
对于后一种意见绝大多数的人表示强烈不满，抗议和反对
他们中有动物保护主义者，也有佛教信徒
当然，许多人仅出于对生命的基本尊重与关爱

讨论不断升级，话题越扯越远，高度也越拔越高
一度上升至生态环境，宗教，信仰与政治
争论之激烈早盖过青蛙们的叫声
这时有人出来调停，说是现在很多城里人专门跑到乡下
花上千元住民宿或山庄，只是为听一晚蛙叫虫鸣

据说可医治焦虑症，狂躁症，真正的失眠
还有乡下人洗脚上田进城后滋生的那种怀乡病
住在这样的小区多好哇，足不出户，不用花一分钱
就能获得每年一次好几个月的长期诊疗
自此群里一片安静，没谁再提蛙声

夜里独坐于书房，静听蛙鸣
感觉天地有创世之初的那种静谧和干净
突然发现自己与青蛙相同，既不是城里人
又回不去乡下，在夜深人静时
只能通过文字发出呱呱的叫声

2022. 5. 24 深夜

端　午

一阵骤雨，一阵太阳
先击打，后抚慰
这生命必然承负的日常

龙舟从水的荒芜里划开路
让沉落水底的灵魂回家

雄黄对抗五毒
中医谓以毒攻毒。因此
五月以速朽成就美

时间的长河里
越有毒，越孤独，越长久

2022. 6. 3 晚

洪　水

大雨已经停了下来，一场大战结束
洪水押着战俘，收缴的一切
滚滚奔腾，向大海
海是瑞士银行，为所有来路不明的
钱财提供庇护。滔滔洪水
不停地扭动腰身，奋力挣脱
河岸的束缚，大地已被搜刮干净
放眼望去万物都变得清瘦
逝者如斯。历史如斯。时间如斯
站在岸边或桥上看洪水的人
都是孔子。是哲人。是历史学家
洪水穿透他们的躯体，将他们
掏空，即便一个愤世嫉俗的人
心头的火焰渐渐熄灭，平复和安静
谁能控制一江一泻千里的烈焰
一如谁能驾住一匹脱缰野马
所谓英雄，永远都是顺势而为
摧枯拉朽锐不可当的洪流

摧毁一切阻挡它脚步的势与力
当然对于河床，洪水再凶猛
也是，仅仅是，过客
正如再蓬勃的生命，都无法
挣断消亡的绳套。解构与重塑
秩序才是世界恒定的果核
傍晚，我离开看洪水的人群
充盈空空如也的，空
也是万家灯火的，空

2022. 6. 4 晚
2023. 4. 28 改

坐在车里看一场暴雨

天空有多大的怒火要泄
雨刮器开到最大挡，也抵御不了
大雨炸在挡风玻璃上形成的
如注水流。一切都被包围起来
让它们成为孤岛。车靠路肩
停稳，开启双闪灯。此刻
天地一片混沌，除哗啦啦的
雨声外，听不到任何声音
此刻它是主宰，万物默然
此刻车是城堡，你是被困的王
把一首老歌放到最大音量
听一个死去的人一直活着的
声音在吟唱。天泄愤
可以风雨雷电。万物呢？
人世间那些弱小的生命呢？
曾见一个人跪在大雨中不住
向天空叩头，她心中定有
天大的冤屈，才会向天求助

暴雨过后，天地却一派清朗
被它痛击过的事物泛着幽微的光
困在车里的自己心空如洗
被这场突如其来的暴雨
抽干所有情绪和思想

2022.6.6 深夜

鸡屁股的味道

父亲在世时，家里杀鸡母亲总是
连到鸡屁股砍下一大块肉
上桌吃饭首先把它夹到父亲碗里
从小就非常好奇，心想它应是
世上最好的美味，不然
父亲不会如此喜欢

爷爷还在时，它孝敬给爷爷
爷爷不在了父亲得以继承
这份优待。许多次想问父亲
是怎样一种味道，一直不敢问
直到那次，他夹起来突然把它
放到我碗里，说你尝尝吧
怎么敢，立刻将它夹回他碗里
“我还能活多久。”
他犯病，刚从医院回来

此后似乎有了某种压力与责任

在外聚餐时看到锅里有它
一次又一次在心里鼓动自己
直到父亲辞世，都不敢尝试
因没有继承者，每次杀鸡
一刀砍下直接丢进了垃圾桶
只是丢之前有些许迟疑
心想把爷爷把父亲那么爱吃的
美味抛弃，不仅暴殄天物
也有些大逆不道

至于其味后来也不断问人
都说不出一个所以然
较为一致的说法：又软又脆
最后都是那句：吃了，才知道
自己总结得出：鸡身上
唯一一块没有一点骨头的软肉
最适合老人的牙口，其实
味道好坏已是次要，关键它是

贫穷年代最朴实的一种孝道

父亲已离开人世许多年，自己
也不再为吃鸡屁股纠结于心
真有人还刨根问底
告之曰：一种思念的味道
让人永远无法释怀

2022. 6. 15 中午

削水果

一个下午，都在练习
如何削好一只水果

很是羡慕能把水果皮削得极薄
连成一根卷曲的带子又不会
折断的人，仿佛他
一生都有连绵不绝的好运

“关键是度，角度，和力度”
紧握水果刀，如握一种未知的命运
“度”是一个非常难以掌控的汉字

四十年前父亲看我扶犁
不是深了，就是浅了
“你只有读书一条路”
断了自己想做一个好农民的念头

一个下午悄悄过去

终于成功，但手上却留下
一道不浅的伤口
——原来成功的入口
都隐藏在自己身上

2022. 6. 17 晚

回　头

小的时候，很怕鬼
晚上一个人走路，不时回头
害怕被什么跟着
在后来的岁月里
竟成为一种习惯，每走一段
就驻足片刻，回头看看走过的路
那一刻，许多人从后面赶上来
在我回望时擦身而过
其实，自己一直也不知道要看什么
一次去寺里拜访师父
说出自己的困惑
他一笑：
走得快的人，丢弃的东西往往也多
月亮刚从山头升起，夜色混沌
我禁不住回头。师父问
看到什么。我说，无
他双手合十：无才是有

2022.6.24 中午

洪水过境

那么多人站在岸上
看滔滔洪水呼啸翻转
时间加速，群山疾走
洪水已不是水，是熊熊烈焰
是刚熔化的一河奔泻的黄金

谁能阻止一场洪水？
堤岸？水坝？桥梁？还是山？
一枚发射的火箭，没有任何办法
让它回头。它携带旧事物的
尸体，肉眼之外平时难以
窥见的隐秘之物
它带走能带走的所有

站在那看洪水的人们
眼里的洪水也不再是洪水
是昨天，昨天的昨天
是时间撕裂的碎片

是欲留而无法留住的一切

不要希望洪水能带给我们什么
它向来只负责冲毁和席卷
却不承担修复与抚恤
犹如一场轰轰烈烈的爱
留下的或许只有满地无法清理的渣滓和淤泥

2022. 6. 26 晚

硅化木

看起来还是树的形状
却完全是另一种物质

一棵树怎么就蜕变成一根玉
“地质活动”四个字，从嘴上
说出来轻松，天塌地陷，海啸山崩……
用尽字典里最震撼的
词汇，也无法描述一场
巨大地质灾难的惨烈

一座山，一片森林，瞬间由地上
埋入地下，跌进恒久的黑夜
浩劫突如其来，所有生命
来不及反应就已消殒

死是死，也是生
当作为一棵树的权利被褫夺
最好的抗争，以变应变

人不能在一棵树上吊死
树也不能在自己身上
走投无路，找不到出口

置换：让坚硬的物质取代
松软易腐朽的材质，用千万年的
时间与耐心，使自己脱胎换骨
不失树的形态，已是
一个崭新的生命

硅化木，一棵树以
瞬间的死，获得
永久的生

2022. 6. 29 晚
2023. 5. 18 改

湖　景

几只鸟从水底飞过
群鱼游弋在浓密的枝头
泡完澡的几幢房子走上湖堤
太阳落进一个桥洞
风吹过，湖水轻轻颤动
躲藏在树下的阴影爬出来
匍匐而行，很快把湖面铺满
黑夜降临，万物渐次安静
世界收紧。在黑暗中
它将成为天地的中心

2022. 7. 1 傍晚

松树林

刚下过一阵雨，地上湿漉漉的
整个山庄隐匿在松树林里
隐匿在里面的还有一个不大的
山塘和一片果林。当车子驶入
仿佛进入了另一个世界
挺直的松树像竹林一样密
光线幽暗，车轮碾压沙土与松针
发出的声音如油注入热锅里
只是味道带些泥腥与腐殖质的

有人在山塘钓鱼，塘边
停靠着一艘锈迹斑斑的铁皮船
转了半圈，漫无目的，又似寻觅
青油油的水草轻轻摆头
几株水杉像仙鹤把长长的脚
插在水里，还有另一种树
也不怕水，就是海水里的红树
大自然总给人类某种意想不到

让我们永怀敬意又充满好奇

果园里挂满少年的青果
可以想见已不遥远的秋天
斑鸠在树顶飞动时抖落少许寂静
来山庄吃饭的仅我们三人
在二楼，清澈的灯光如一泓水
把我们团团围住。整个林子充满
广大的黑暗，许多白昼见不到的
弱小生命及一些隐秘之物
在悄悄活动和游弋

饭后独自一人又来到塘边
月色朦胧，大地静谧而幽远
坐在铁皮船上静听宇宙深处隐隐
传来的低语，世界荒老而澄明
此刻人世消隐，万物放空
出窍的灵魂，于天地间神游

当开车离开时，有什么紧紧相随

2022.7.2 中午

给父亲

把孱弱佝偻的身体带走
把本来就不多的话语带走
把这辈子都不肯说出来的苦与累带走
把留在心里的那些遗憾也带走
带走那粒最终绊倒你的血栓
带走山中一直等着你的那棵挺直的大杉树
带走你对我们，我们对你的
所有爱与不舍

仅留下一把生锈的镰刀和锄头
一副缺腿的老花眼镜
一只早丢失笔帽吸蓝墨水
已磨损得看不出颜色的钢笔
以及一部才完成了一小半的家谱——
这已是你一生的全部

现在我渐渐明白，你留下来的
其实很多，皱纹从你脸上

已爬到我脸上，白发也是的
对人世我也越来越变得少言寡语
知道一个言微力薄的人，说得
再多也无济于事，地球的旋动
不会因此而改变丝毫
越来越少的眼泪已发硬
在眼角板结成一粒不雅的眼屎

父亲，你看我已越来越像你了
吃饭时嘴巴开始掉白饭粒
屙尿一不小心就会淋湿鞋子
——就是这样啊
你代我死去，我替你活着

2022. 7. 4 晨

雨一直未下

出门了，才想起窗户未关
被子晾在敞开的阳台：
天气预报说今天中到大雨
雨成为最大的心事

雨迟迟不下，担心逐渐
转换为一种渴望——
密布的乌云笼罩在胸腔
仿佛怀抱着整个沉重的天空

直到傍晚回到家，雨一直未下
收拾晾干的被子，全无
胜利者的窃喜，一场没下的雨
早已淋湿了自己

2022. 7. 11 下午

看一幅摄影作品

时间的荒草，有人为的灰烬
远山立在时间之外

空旷。一个金属之门

没有门内，也没有门外
既是门内，也是门外

一个门就这样耸立在天地间
天空之门
大地之门

隔着一道门
世界很远
世界很近

2022. 8. 11 晚

在大学士陈宏谋故里

初秋的太阳，依然火一样炙热
导航上输入陈宏谋故居
显示出来的是陈宏谋宗祠
到达后才知道他的故居早就
荡然无存，仅剩下一片被铁栅栏
圈着的荒草。说是毁于
百年前太平军点的一把火
流淌一脉血液的宗祠经历
无数世事变迁依然陈旧地活着
平时不对外开放，一把铁锁锁住
好奇把目光挤扁，也难从门缝里
窥探到什么，神秘有时不失为
事物自我保全的完美方式
祠前高耸的两块残碑想向来人
透露一些信息，斑剥的文字
如牙齿脱落的老人，含混不清的
声音，让人无法辨识说的主旨
随手拍几张照片，表示到此一游

“人事有代谢，往来成古今”
一个诗人的吟诵从悠远时空传到
耳朵。看着遗址前的
那池荷叶，绿得繁茂绿得决绝
是否跟下午的安静，跟他，跟我
有某些藕断丝连的关系？
天地间，时间才是真正的上帝
催生万物，又悄无声息抹去一切
祠堂边那棵大樟树不知何故
已经干枯，光秃秃的枝条
如一道道已熄灭的闪电
终将归于尘土，归于寂静
没有风，浓荫里一声清脆鸟鸣
仿如一汪清泉，洒落头顶
让下午的燥热有些许
清凉，些许生动

2022. 8. 24 晨

月　亮

黑夜之扣
银河之舟

穿透，或者
凝视

洞箫，或是
药膏

瞬息
即恒久

是深渊
也是庙宇

2022. 9. 10 晚

捉迷藏

在我眯眼时藏起来
知道你在哪里，每次你都
躲在沙发背后的那个角落
我故意喊一声：看见你了
你就中计，乖乖跑出来
你要求再来一次。这次你已
变得狡猾，当我再说看见你时
你屏声静气一动不动
我故意在其他地方寻找，装出
垂头丧气，彻底失败的样子
你跑出来，咯咯大笑
充满胜利者的得意。这一切
忽闪即逝，很快你就长大
这些俯拾皆是的快乐如沙子
将在时间这只沙漏里不断漏掉
越来越少，甚至不剩一粒
真希望你成长缓慢，再缓慢
不要急着长大成人

成人世界每个人都是伪装的
都是演员，每时每刻都在演戏
把幸福写满整张脸的人
其实一点都不幸福
所有看见的人都不是本身
真正的他们藏在谁也看不见的
地方，因为隐藏得太深太久
他们都忘了自己，最后成了
连自己都不认识的面具

2022. 9. 11 中午

寂静的下午

喜欢雨天的下午。独自坐在窗边
外面一丛竹子，或者芭蕉
看它们在雨中寂然地低垂着
多像尘世中的许多人，默默领受
命运的击打还不时轻轻点着头
墙外大片田畴，刚插嫩绿的禾苗
可想象为四处撒欢的春天
在如镜的水面跑动留下的小脚丫
再远处是被迷蒙雨雾融化了的
只剩下一抹淡烟痕迹的远山
一个人听雨，并享受内在的安静
是人生难得的幸福时候
母亲晌午后，头戴斗笠手提竹篮
出门了。那时雨刚开始下
下得小。此刻在看不见的沟边打猪草
雨越来越大。她的衣服一定
被淋湿了。父亲披着蓑衣弯腰
用双手为秧田开挖排水沟

一年四季他们如一只陀螺
被看不见的鞭子抽着，除了睡觉
一刻都不会停下来。看着他们
忙进忙出的身影，心里不生
不安与愧疚，反倒是难得地踏实
到傍晚时，雨已停歇
母亲也已回家，在烧火做饭
身上的衣服早被自己的体温烘干
我来到院子，平时晾晒衣服的
竹竿上挂着几滴亮晶晶的大水珠
空气中弥漫着泥腥味
远山逐渐显露出清晰轮廓
天黑下来，我进去里屋帮母亲
把那盏已起皮壳的玻璃油灯点着
当晚回的父亲远远看见
这一晕昏黄的灯火
他略显疲惫的身体里
一定有一股清冽的泉水轻快流过

不知不觉中，他加快回家的脚步

2022. 9. 14 中午

举着火把回家

好黑的夜，我们回家
你举着火把，我走在前面
路边的昆虫叫得热闹叫得寂寞
传来几声狗吠，大地
荒芜而辽阔。没有月光
也没有星星，只有
清凉的山风习习吹着
一路上，我们很少说话

这样的夜里确实不需要
再讲什么，只需要你走在我身后
我们翻过一座山，又一座山
刚卖完两笼鸭子天就黑下来
天再黑，也要回家
你紧紧捂住口袋
那里面是我一个学期的全部学费
你说："再穷也供你读书。"
走到山口时突然一阵大风吹来

火把灭了，你费好大的劲
把它点燃。点了又灭。灭了再点
回到家里已是深夜

眨眼几十年匆匆而过
每当想起那个黑漆漆的夜晚
就心头一热。父亲
自那以后我完全接受了你的严厉
沉默与寡言，不再攀比和埋怨
读懂艰辛、不易和大人们
挂在嘴边的命理。就是那个夜晚
我看见从你瘦小的身影里
长出来一座
高大无比的大山

2022. 9. 14 晚

圆明园

大火也烧不死的石块依然在
时间里，静静呼吸
熄灭的烈焰在它们身体里
落满灰烬，烙下伤痕
北方的冬天凛冽，站在废墟
百年前发生的那一幕
自眼睛里闪过。我不凭吊
那么宏大精美的一座万园之园
让人惋惜
现在这些断石残柱，仿如
一堆横七竖八的骨头
卡在时间的喉咙，吞不下去
又吐不出来

2022. 9. 30 晚

得　罪

写下太阳
得罪天空

写下果实
得罪花朵

写下婚姻
得罪爱情

写下死
得罪生

写下一双无助绝望的眼睛
得罪许多心怀善意的人

写下我
得罪我们

只有写下爱与善

世上才没有任何反对的声音

2022. 10. 3 凌晨

动物园

第一次带他去动物园看动物
首先看到的是鹦鹉，五颜六色
铁丝网盖出一个空间，里面
有假山，假树，还有凉亭
人随进随去，它们飞上飞下
不怕人，栖在伸手可及的地方
他还不会说话，一个劲哇哇直叫
他比曾经的我幸福太多
第一次去动物园时已是高中毕业
看到从没见到过的动物也兴奋
只是不敢在大庭广众之下欢呼雀跃
成长就是不断地被修剪
首先被剪掉的就是童真
看鸵鸟。看天鹅。看大角羚羊
看猴。看斑马。看火烈鸟
看仙鹤。看大海里的鱼……
最后看老虎和狮子
他两只小手紧紧搂住我脖子

初生牛犊不怕虎
他一岁多，初生牛犊，他怕
是人的天性还是遗传？！
我最忌惮的动物是蛇，它隐藏在
肉眼看不见的地方，冷不丁
突然钻出来，让人防不胜防
其实每个人的身体里
都有个动物园：如果把表达
内在世界的词语用动物来替代
比如善良是猫，狡猾是狐狸……
只是各自饲养的动物不尽相同
唯人人恐惧的蛇，人人都
喜欢饲养，它承载的词条最多
如妒忌，阴暗，虚伪，等等
也不尽然，有时爱与善也是
当被滥用或者
仅仅作为一种虚伪的装饰

2022. 10. 5 晚

九　月

河水变得缓慢。大海也开始
平和。地主家的大地
穷人家的天空。乌鸦与喜鹊
已言和，一同飞过屋后
枝叶稀疏的梨树林
进山的人与出山的人在
一块石头上歇脚，从谷底
灌上来的风，吹不动他们
对尘世的偏执和信任
山脚的学校和山腰的寺庙
有人们想要的美好

你好！九月
即便飘过头顶的不是思想
深潜水底的却是哲学
一个人可以成为
另一个人的世界，也可以
是另一个人的樊篱

流水带不走的一切
时间也无法带走

爱九月，爱天地的无私和辽阔
爱人世的充盈与残缺

2022. 10. 18 晚

一　月

寒冬刚过
冰雪尚未消融
大地将醒未醒，睡眼惺忪
一驾马车，从广大的北方碾过
泥泞里留下一道深深的辙痕
南方的田畴，空旷而贫瘠
如纱的薄雾氤氲

沉寂不是死亡
太阳虽铁一样冰冷，但万物
在悄悄积攒力量，时间的
镜面映照出的岁月
苍老又年轻。尘世如海
生命就是泅渡
——仅仅一次
——越挣扎，越沉沦

一元复始——

当我在深夜里写下这四个字
许多消散的人与事物
便蜂拥而至
万象更新——
刚落笔，天边就传来
隐隐的雷声

2022. 10. 19 晚

十　月

银杏与枫叶都黄了和红了
人世即便不是最好
也不是最坏
盐和黄金都是疗伤的药
稻草人与蝼蚁
是同一个太阳照耀

一瞬也即永恒。时间的
流水，是刀锋，更是
一双温和的大手
天穹下的生灵心怀前程
与隐痛，被星光引领
苍茫和辽阔，永远是
同一个词，就像你与我
构成了我们。我们
是的，不分昼夜
在大地上行走，一刻也不迟滞

仿佛，一切就在眼前

仿佛，一切又遥不可及

2022. 10. 19 晚

黄 昏

太阳早已落山，夜色在白昼
这张偌大无比的宣纸上
悄无声息地洇晕。你站在四楼的
露台，楼下的汽车修理厂
工人们骑电动车陆续下班回家
如沉淀的溶剂，杂碎的声音
渐渐尘埃般沉落在地。修好的
车辆停在空旷的场地上，落寞地
在等待主人将它们开走
天空飞过几只叫不出名的小鸟
很快又消失在不远处的天空
没留丝毫痕迹。大多数的人生
也如此。远山模糊起来
小街上本来不多的车辆和行人
此刻更加稀疏。你眼中
出现了一个小村庄，黑色瓦脊上
飘出乳白的炊烟，才收割完的
田畴，捆好的稻草像无数小矮人

散布在空荡的秋风里，母亲呼唤
因玩耍不知回家的孩子的乳名
晚归的人，不由得加快步履
不禁心头一热。什么时候
对面那家医院已亮起了灯
还好，透出灯光的只有几扇窗户
半块月亮悬在头顶，好不容易
发现它四周微闪的几颗小星星
许多的人与事随晚风飘来
又飘去。盘点几十年的时光
永久驻留心底的美好记忆与事物
却寥若晨星。人生本就是只沙漏
最后归于空空
从很远的地方隐隐传来
幽渺钟声，那是去过的青藏高原
从那回来，沉重的生命
悄然变轻：是的

一切存在，都不过是过程

2022. 11. 3—11. 4

在布达拉宫

怎么看它都是青藏高原上
最高的山峰。一块巨镇
让高原稳固
奔袭而来的群山
戛然而止，在碧蓝的天穹下
僧侣般安静

七月的太阳如铜，一只
黑色的鹰在宫顶上逡巡
手机怎么也拍不出它
耸立在面前的那种磅礴与静穆
不断删除心中杂念
让自己干净

站在佛前，一次又一次
鼓足勇气，最后还是不敢抬头
与他对视，伪装的虔诚
怎能逃过佛陀明亮的眼睛

一个满身俗欲之人
装鬼还可
装神肯定不行

2022. 11. 17 中午

小区里的大樟树

小区里有棵大樟树
三个人都搂不住。枝繁叶茂已是它的过去
光秃秃的它仅剩下躯干

它竟活了过来，伤口里
开始抽出细小的枝条
我见过它。在古井旁，在村头
一些还被缠上红布条，神一样
被人们供奉着
活得太久的事物遭天忌
闪电一直想点燃它，响雷也想砸开
它的头颅。见过一棵空心的
里面可摆一张围坐几个人的桌子
很多年过去，它依然活着

眼前这棵，不知从哪儿迁移而来
它被移走的那天，也许
一个古老的村庄就在那一刻死去

现在它的脚底竖起一块小牌子
上面醒目地写着：
保护古树，人人有责

2022.12.1 下午

仿　佛

防疫封控，好几天不让出去
车子同人一起静默
它表现得比我好很多，不吃不喝
一动不动。开十几年了
已是七八十岁的老人，担心它像
年迈的爷爷睡着后不再醒来
它是我的脚，老寒脚
已是隆冬，空气越发冰冷
长久不动它血脉会更加堵塞
我更为自己担心，出去的念头
一天比一天强烈。是的
哪怕开车到外面溜达一圈兜兜风
刚打起火时，它颤抖得厉害
如犯病后父亲孱弱的身体
当我抱起，他仿佛受到严重打击
全身一阵抽搐，他曾经有
多顽强，就会有多不甘心
不过很快它就平静下来

把手搭上方向盘，不一会就
来到大街上。街上无车无人
车子很快过了解放桥，中山南路
来到德天广场，商铺都关着门
朋友的店也一样，悻悻而回
几分钟后，将它熄火
关车门时，邻居正好下楼丢垃圾
“刚回来？”我不置可否
电梯里，从金属的镜面看自己
一点都不怀疑，仿佛
真的出去了一趟

2022. 12. 2 晚

鱼有另一种叫法

一岁半的小外孙
在一岁时开始牙牙学语
他叫妈妈叫得最早也最好
特喜欢鱼，每天都要求阿姨
带他去小区的布景水系看小锦鲤
他不叫它鱼，叫它拍拍
古怪的叫法，不知道从哪儿学来的

买回一条大草鱼，阿姨把它
搁砧板上准备开杀
使劲摁住鱼的上半身
鱼的下半身拼命弹跳挣扎
把砧板拍打得叭叭响
他站在旁边不停地大喊着：
拍拍！拍拍！拍拍……

想笑，怎么也笑不起来
从此不再去纠正他。傍晚时分

一个人散步，若有所思
在湖边看见几条游动的鱼
脱口而出：拍拍！拍拍！
幸亏四下无人

终于明白老家人为何总把“人”
读成“刑”了，不完全是
因为发音不准

2022. 12. 7 晨

壁　虎

爬在墙上，油灯投下巨大的
影子，灵与肉分离
蛙叫喊夏天
世界多么空旷

寂静的下午。少年与它对视
时光清贫如水。父亲在
泥土里不停地挖掘
寂寥啊。寂寥

被无聊打断尾巴，在地上轻弹
逃到缝隙很快长出新尾巴
漫长夏天很快过去
时光走远，不回头

人世浩瀚而陡峭
中年也是一只壁虎
攀爬在巨大的岩壁上

足底是深渊

头上的星空依然迷离

2023. 1. 20 下午

皇　历

昨天刚把刀磨好，准备
在自己的四周扎篱笆，气息不合者免入
一看，不宜伐木，动土
今日想起许久未走动的老友，欲起身探望
一看，不宜出行，访友
好长时间没有清扫心室
一看明天，却不宜打扫，祭祀……
翻遍皇历，却找不到
哪天不宜生，哪天不宜死
生死乃天地最最神秘之事
看来，没人能参透
也没人敢说破

2023. 2. 9 晚

月　色

那个夜晚父亲从地里回来
月亮刚刚从东山升起
坐在门口清凉的石几上
天地从未有过地静谧和纯净
昏黄的灯光，母亲单薄的身影
不停地晃动，她在准备
一家人的晚饭。不知忧愁的少年
却有了莫名的忧郁与伤感
以至许多年后，当父亲离开
去了另一个国度，我再次
坐在门前的石几上，又圆又大
的月亮与从前一样正好爬上山冈
一个人迈着光洁的脚步
从远处走过来，虫鸣如花
为他开道
此刻，世界空寂
唯月色如霜

2023. 2. 17 晚

破　坏

人那么小，力气可不小
只要拿得起够得着的物品
稍不加以防范，你就把它们
全部扔在地，而后站在那里
大笑，仿佛干了件很了不起的事
你还不知道什么叫害怕
不知道干坏事要被惩罚
即便把天捅破，把地弄塌
老人说三岁看大，你还不到两岁
如果长大后你有可能很坏
那么现在就使劲砸吧
趁体内的当量还很少，破坏力
与杀伤力还不大，趁我们
还有有效的应对办法：
把易碎的东西都藏起来
把桌上放置的物品换成塑料的
孩子，把你生命中的坏
趁早释放出来，以后的世界

可不是现在的世界，到那时你将
为自己的每一次使坏付出代价
但是孩子，话说回来，世上
任何东西都有其两面性
破坏也是的。不破不立
比如不砸碎脑袋里生锈的枷锁
思想之光就永远无法闪烁
如是这样，孩子，希望你
留下这种坏，坚持一生
哪怕最后付出
生命的代价

2023.3.8晚

一棵树

一棵树站在荒凉的旷野
只是一棵

曾经也许不止一棵
只是它们都离开了
或去了远方，或回到山林

它留了下来，默默地站在那
风雨雷电雪，一切的一切
独自承受，也独自抗争

它长得越来越慢，似乎停住了
但歪斜的树干却越发苍劲

它如此孤单与孤独
以至看见的人
都心生怜悯，想上去抱抱它

许多年过去了
又过去许多年。它一直站在那
成为整个旷野的中心

它绿着，四周的荒芜就有了信心
它安静下来，世界一片阒寂

2023. 3. 10 晚

尴尬的树

一棵树把自己硬生生拔出来
拔了一半又突然停住了
就这样一半的根暴露在空气中
什么原因让它生了离开的念头
什么原因又最终让它留下来不走？
我与它正好相反
年轻时多么渴望城里人的一切
几十年过去，脚跟终于站稳
又想着远离城市的浮躁与喧嚣
回到清苦却宁静的年少时光
它现在不停地往脚下扎根
我现在把自己一点点向外抽离
它正在抵达我越来越不想要的生活
我正走向它决定放弃前的那一刻
如果有谁看得见我
拍一张照，现在的自己
也许与这棵树的模样

没有太大的区别

2023. 3. 13 晨

刷墙的人

他在用石灰水刷墙
桶是红的，石灰水是白的
这个冬天没有下过一粒雪
他在墙上涂抹一场雪
从左刷到右，从右又刷到左
没有人跟他说话
整个下午明亮而安静
这是坐落在山坡上的一座学校
放假了，仿佛用没了油的
油罐子，有那种无着落的空
他要把教室的外墙重新刷一遍
北风吹红他的手
几只麻雀从屋脊上飞下来
在水泥地上寻觅一会又飞回屋顶
他没上过一天学
因为他是地主家的儿子
他有过一段短暂的婚姻
他外出打过好几年工，做泥水活

又回来了，回到山坡下的
那间孤零零的小屋
生命也如墙，一遍又一遍地
被不断刷白，只是他
从来见不到那只拿刷子的手
没事时，他经常坐在门口
听山坡上传来的读书声
一溪泉水从他身体里穿过
刷墙是他自愿，是义务
每年冬天，学校放寒假
没有谁叫他，有空他就去刷
刷完时一个冬天就过去了
天黑前他终于刷完最后一刷
边走边回头看，刚刷的墙比雪
更白，像一张崭新的纸
无雪的冬天
他制造了一场雪，一场
不会融化，干净的雪

他刚到家，朗朗的读书声
就从坡上流淌下来
将他的小屋瞬间淹没

2023. 3. 18 上午

在草坪的春天里

一些柑橘的枝头还挂着
去年的红色果实，今年的花
就已经迫不及待地开了
它们知道春风不会去等待
又不能错过。深入三十多米的
地下岩洞探寻一座山隐藏的秘密
无数的石笋，石柱和钟乳石
把时间慢慢沉积起来，塑造出
千奇百怪的景观，让看见的人们
叹为观止。但人类不是这样
时光被我们一点点消耗
也一点点消耗着我们，除了
毫无美感的文字，一切终将消逝
沿江逆流而上，看到源于天空
两岸的青山，流淌的江水，甚至
每一朵云，每一片叶，每一根草
甚至大地上所有事物的叫唤
春天的到来，清冷的石头

握在手里，细心的人也能感觉它
细细跳动的脉搏和微微的温度
早晨拉开窗帘，几只白鹭从
远处的山脚下飞过，这些显得
有些神秘雪一样洁净的飞鸟
仿佛来自另一个国度，对人世
一直保持不近不远的距离
和警惕，夜里的一场大雨
让世界在新的一天到来时
分明又有了与昨天
不太一样的秩序和生机

2023. 3. 29 晨

我从没梦见过你，父亲

自你离开我们，音讯全无
父亲，你在那边还好吗？
你怎么不给我们一点点的消息？
那年你去山的那边的山的那边
修水库，一去就两年，杳无音讯
母亲四处打听。传闻蜂拥而至
一种：山上跑出一只怪兽
叼走了好多个人；一种：库坝
突然塌方，活埋了几十人
还有其他各种离奇古怪的说法
吓得全家人夜里老做噩梦
很少求佛的母亲接连到庙里叩头
放学回家，我就站在大门口
遥望大路尽头，及至一个熟悉的
黑影在黄昏中终于出现在村口
眼尖的我大喊一声：爸爸！
就飞也似的奔跑过去
那天晚上，一家人比过任何

一个大年都兴高，都采烈
平时你言语不多，惜字如金
一句就是一句，从不拖泥带水
那晚上像蓄满水的水库开了闸门
你滔滔不绝地讲述两年多来
亲身经历的所有有趣的人与事
父亲，时间真快呀，一眨眼
你就已离开我们十一年
十一年就是四千多天
可这四千多个夜晚我从没
梦见过你一次，也就是说你
从未在我的梦里停留过哪怕片刻
是我们不想你吗？
你留下的那部《新华字典》
隔不多久我就去翻一翻，扉页上
有你亲笔写下的你的名字
见字如面，每次目光都会停留很久
是你不想我们吗？

在你犯病后的那些日子
每次回去看你，离开时你紧紧
拉住我的手很久都不松开
甚至有时还哭出声来。我知道
你并不是害怕死，因为十几年前
那时你还不到六十，挑一担
一百五十斤的稻谷仍健步如飞
你指着一个小土丘说百年后
就埋葬在那里。我当时吓了一跳
你却轻轻一笑：人总是要去
见阎王爷的，早晚的事
哭，仅仅因为你不舍得把我们
丢在人世，而自己再也无能为力
父亲，你喝水的杯子还为你
一直留着，你生病前劈开的木头
还码在墙脚，等你冬天时回来生火
今天又到了清明，我想
你该回来了，今夜我要假装入睡

你会不会来到床头，像小时候
伸手摸摸我的头，然后轻声说：
孩子，爸爸在那边过得很好
你们和你妈不用担心

2023.4.5 清明节

悬　崖

天门山那堵险峻的悬崖
在草木葳蕤的四月
从所有悬崖中一步跨出来
耸立于每个人的眼前
挡住天空，挡住
天空下所有的去路

四个年轻的生命，如四根被雨水
淋湿的火柴，在不是擦火皮
的黑青色崖壁上划燃自己
让人蓦然看见人世
前所未见的那种陡峭，以及
深藏在每个弱小生命里的
无奈和无助

无处不在的悬崖和深渊
对知道活着不容易并依然
坚持好好活下去的人们

除了那句：珍重！
我不能说出一个更恰当的词
来祝福他们，安慰自己

正如我无法对那位早已经
失去了妻子，中风后
手脚相当不便，却还要照顾
九十多岁的老母亲，现在
又失去自己唯一的儿子的父亲说：
坚强地活下去

2023. 4. 10 深夜

参加女诗人作品研讨会

在雁山，漓江畔，一个叫潜经村的
地方，基本都是老旧的房子
看得见历史，时间，源头的村庄
现在已越来越少。文明从来
就是一把双刃剑，诞下孩子，又割断
脐带，那与母体相连的
呼吸和血脉。座谈会是在一座
两层木结构的二楼，曾经的住宅
现在已改为村里的文化室
女诗人坐一排，一根枝条上
不同颜色的花朵，沉静又略显拘谨
邀请来的区内外作家诗人坐对面
他们随意轻松，不故作正襟
坐在边上的诗歌爱好者倒是
有些危坐，竖起聆听的肃穆耳朵
天空阴沉，仿佛沉思者的脸孔
或许在思考下多大的雨量才符合
这三月下午的气氛，一如与会的

嘉宾与女诗人在构思着发言
村里几乎都是回族，据说
“民国小诸葛”白崇禧的祖上
就是从这里搬出去的，他有个儿子叫
白先勇，著名作家，不写诗
写小说与散文，还写过舞台剧
他是中国第一个写同性恋小说的人
真实且坦诚，他没有刻意隐瞒
遮蔽自己作为同性恋的身份
“潜经”二字本身就发散文化之氤氲
水有源，树有根，文也有脉
座谈会似乎获得一种隐隐的赋能
大雨下时，会议正在进行
雨敲击黑色瓦脊，时间安静
一位作家曾说：诗是文字的一次解放
我在心里补充：解救
会议结束时，大雨停歇
空蒙的漓江，有唐诗宋词

都难以说出之意境，只是临时准备的
黑雨伞，成为多余的词条

2023.4.28 晚补记

一　生

一出生就一点点死去
生命就是一只沙漏。人生
看起来不停地向前奔走
其实是节节败退，步步失守
向一个山头攻打一阵
退下来，又冲向另一个山头
又退下来……
如此，攻打了无数座山
最后没有哪一个山头真正
属于自己。换一种说法
人出生后就开始寻找
寻找自己，寻找另一个我
仿如寻亲，另一个我同样也在
寻找，找他的躯体他的肉身
许多次擦肩而过却又
无法一眼相识，回头时
彼此都已消失于茫茫人海
一生中最大的苦恼与悲哀

就是至死都不知道

真正的自己长什么样子

2023. 5. 5 晨

一匹穿过城市的马

它没系缰绳，似乎已不需要
跟随着它的主人，他骑一辆电动
摩托车，在他后面它慢慢跑着
他甚至不需要回头去照看它
春天的上午，大街上不绝的车流
草原在遥远又遥远的北方绿着
它鼻子很久没闻那辽阔的气息了
慢慢习惯于城市的尾气和喧嚣
它经过时，我在停靠于路旁的车里
信手翻阅着约瑟夫·布罗茨基
正好读到他的那首《黑马》：
“那瞳孔更是令人畏惧”
“为何从眼中射出黑色的光芒？”
哦，这该是一匹多么孤傲的烈马
它眼帘低垂，温和顺从的样子
如同一条被驯化的大号犬
离开草原那一天，它就已经死去
现在看见的只是它的空洞躯壳

眼睛里的烈焰，已渐渐熄灭
生风的四蹄，被坚硬的水泥和
钢筋磨光了驰骋千里的翅羽
它穿过城市，不是去寻找骑手
仅仅是满足主人的虚荣
慰藉看见的人们的好奇与幻想
它渐渐远去，我合上诗集
突然它昂起头来，双蹄奋力刨地
向天空发出一声巨大的嘶鸣
一个身影一跃而上。虽是幻觉
至少知道它并没有完全死去
困顿的中年也仍有一颗
跃跃欲试的疾驰之心

2023. 5. 6 晚

后记

这是我继去年出版第一本诗集后，时隔一年多出版的第二本诗集。

三年前重拾诗笔时，那种感觉真好，诗思泉涌，写着写着，就步履维艰起来，这里面既有对诗歌不断深入后的敬畏，也有急于突破自己寻找自己的彷徨与迷茫。

诗歌是一座永远看不到顶的高山。上面云遮雾绕，一阵风吹过去，刚要看到山的模糊轮廓，一阵雾就飘了过来，又被遮住了。所以越写越迷离，越写越有些心虚和气短。

只是“误入歧途”的自己，已走不出来了，当然也没打算走出来，在迷雾中小心翼翼地往前走。

人都有表达的欲望，写诗就是自己最喜欢的表达方式，它让我把心里脑子里对人生，对生命，对爱，对恨，对整个世界，对一切事物的认知和体悟通过诗的语言诗的文字真切地表达出来。如蛞蝓爬行一样，这也是我在人世行走留下的脚印和痕迹。

一段时间里，曾纠结于什么样的诗才是真正的诗，后来还是依靠古人那句“诗无达诂”，才渐渐释然。

对于诗，现在自己也有了一个基本标准，就是不管用什么方式或方法去写，一定要言之有物。“物”太重要了。当下许多的诗，除了文字和形式，确实空无一物。

诗永远就在那，在天地间，在每个生命体每一件事物里，在一片树叶，一根草茎，一粒尘埃上，我，我们，仅仅要做的就是去寻觅，去发现。

因此，作为写诗的人，就是不停地去打磨自己的双眼，让其更明亮，更锐利，更广阔，更有穿透性。

在神圣的诗歌面前，自己永远是一个蹒跚走路的孩子。

邓学云

2023. 8. 22